天岩屋戸＜あまのいわやと＞

新釈古事記伝＜第六集＞

阿 部 國 治・著
栗 山 　要 　・編

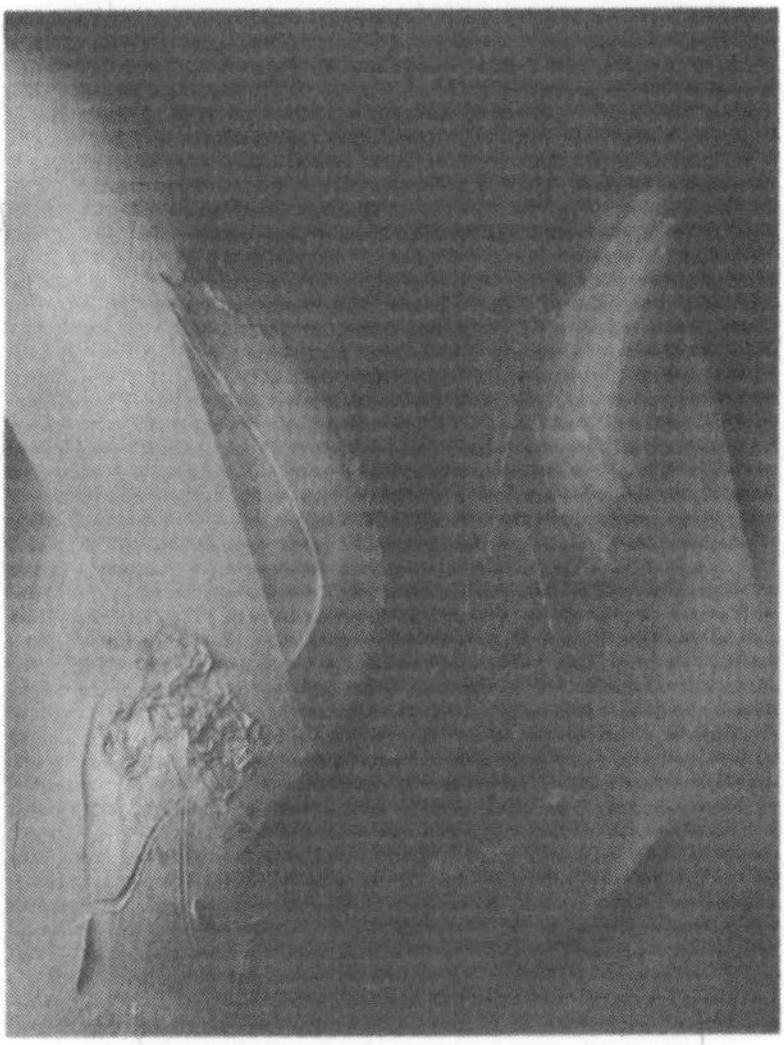

致知出版社

神々に一人おくれて悪い絵を
佛にこころ千の書はい

阿部玉治

神々に一人おくれて負い給う
袋にこもる千の幸はい

『古事記』の原典〈神代の巻〉の段落に
「於大穴牟遅神《おおなむぢのかみ》負袋為従者率往《ふくろをせおいていきき》」
という項がありますが、この和歌は《新釈古事記伝》の著者・阿部國治先生にとって〈神話・大國主命〉の段落に対する反歌と言ってもよく、古代日本人の精神文化の象徴的な表現であろうと推察されます。

（解説　栗山　要）

天岩屋戸

目次

目次

はじめに

『古事記』は大和心（やまとごころ）の聖典《ひじりのふみ》であって、また、大和心は人の心の中で最も純《きよ》らかな心で、『古事記』はこの大和心の有り様を示しております。

人の創る家、村、国の中で、最も純らかなのは、神の道にしたがって、神の道の現われとして、人の創る家、村、国であります。

『古事記』はこの神の有り様と、神の家、村、国の姿と形を示している聖典であります。

これほど貴い内容を持つ『古事記』が、現代においては、子どもたちが興味を持つに過ぎないお伽噺《とぎばなし》として留まっているのは、間違いも甚《はなは》だしいと言わなければなりません。

こんな有り様ですから、『古事記』の正しい姿を明らかにすることは、いつの世においても大切ですが、現代の日本においては、殊《こと》のほか大切なことであります。

このような気持ちで『古事記』に立ち向かい、『古事記』を取り扱っておりますが、これは筧克彦《かけいかつひこ》先生（元東京帝国大学法学部教授）のお導きによって、魂の存在に目を見開かせていただき、『古事記』の真の姿に触れさせていただいて以来のことであります。

こうして『古事記』を読ませていただきながら、『古事記』を生み出した祖先の魂と相対して、その心の動きを感じ、祖先の創り固めた家、村、国の命に触れて、あるときには泣き、あるときには喜び、日常生活の指導原理の全てを『古事記』からいただいております。

実に『古事記』というのは、汲《く》んでも汲んでも汲みきれない魂の泉と言ってもいいと思います。

昭和十六年六月

阿部國治

おことわり

この本をお読みくださるについて、予《あらかじ》め知っておいていただきたいことを申しあげます。

まず、各章の配列について申しあげます。

1、《のりなおし》とか《みかしこみ》とか《おこもり》とかいうような題目は、何か題目があったほうがよかろうというので仮につけた題目であります。この題目でなければならぬというものでも、この題目がいちばんよろしいというものでもないのであります。

2、『古事記』の原典として、漢文で出ておりますのは、元明《げんめい》天皇の和《わ》銅《どう》五年に出来たところの〃かたち〃であります。稗田阿禮《ひえだのあれ》が諳誦《あんしょう》して伝えておったものを、太安萬侶《おおのやすまろ》がこのようなかたちで、漢文字にうつしたものであります。『古事記』のいちばんの原典は大和民族の〝やまとこころ〟そのものでありましょうが、文字に現わしたいちばんもとの〝かたち〟がこれであります。

3、《書き下し文》とあるところについて申しあげます。

『古事記』の原典として漢文の〝かたち〟で伝わっていたものが、国民に読むことができなくなってしまっていたものを、水戸光圀《みとみつくに》公が嘆かれて、近代の国学の初めを起こされ、本居宣長《もとおりのりなが》先生にいたって、全体を読むことを完成されたのであります。

古来、伝わっておったのは漢文の〝かたち〟であって、これに古（いにしえ）の訓（よみかた）と思われる読み方をつけたものに『古訓古事記』というものがあって、これを書き下したものが《書き下し文》であります。

ここに引用したものは、岩波書店発行の岩波文庫本ですから、それを参考にしてくださることを希望いたします。

4、《まえがき》とあるところは、お読みくだされればおわかりのように、一段落を書き出すについてのご挨拶のようなものであります。

5、《本文》となっているところは『古事記』の原典と『古訓古事記』とを御魂鎮《みたましず》めして、心読、体読、苦読して〝何ものか〟を掴《つか》んだ上で、その〝何ものか〟を、なるべくわかりやすく、現代文に書き綴《つづ》ったものであります。

したがって、書物としては、ここが各章の眼目となるところであります。まず、ここのところを熟読玩味《じゅくどくがんみ》してくださったうえで『古訓古事記』から『古事記』の原典まで、照らし合わせて、ご研究していただきたいのであります。

6、《あとがき》とあるところは、お読みくだされればおわかりになると思いますが『古事記』の段落を読ませていただき、平生《へいぜい》いろいろと教え導いていただいておりますので、心の中に浮かぶことを、そのまま書き著して、参考にしていただきたいのであります。

阿部國治

第十一章　のりなおし

原文

故雖然爲。天照大御神者。登賀米受而告。如屎酔而吐散登許曽。我那勢之命爲如此。又離田之阿埋溝者。地矣阿多良斯登許曾。我那勢之命爲如此登。詔雖直。猶其悪態不止而。轉。

書き下し文

故《かれ》、然《しか》爲《す》れども天照大御神《あまてらすおおみかみ》は咎《とが》めずて告《の》りたまひしく。

「屎如《くそな》すは、酔《え》いて吐き散らすとこそ、我が汝弟《なせ》の命《みこと》、かく爲《し》つらめ。また田の畔《あ》を離ち、溝《みぞ》を埋むるは、地《ところ》を惜《あたら》しとこそ、我が汝弟《なせ》の命、かく爲《し》つらめ」と詔《の》り直したまへども、なほその悪しき態《わざ》止《や》まずて轉《うた》ありき。

まえがき

《のりなおし》は、神典『古事記』には、漢字の〈詔直〉という文字で現わしてあります。須佐之男命《すさのおのみこと》がなさった数々の行いを、八百万神《やおよろずのかみ》が「穢《けが》れであります」

と申し上げたのに対して、天照大御神が須佐之男命のなさった行いの本当の気持ちを明らかにされたことですから、言葉としては〈見直し〉〈聞き直し〉〈言い直し〉等々と同じような例に使われる《のりなおし》ですが、天照大御神のなさった《のりなおし》ですから、そこには特別のお諭《さと》しがあります。

次に、これを現代文に書き下します。

本文

□ 神々の衝突

高天原《たかまのはら》の神々から、天照大御神のところに、須佐之男命の行動についての訴えが届きましたが、その内容は次のようなものでありました。

「須佐之男命様は《うけひ》をなさってから、まことに麗《うるわ》しいお方になられ、ご熱心にさまざまな勉強をなさっておられるので、私ども一同、お喜び申し上げております。

ところが、須佐之男命様のご勉強がだんだん進むにしたがって、まことに困ったことに、私どもとの間に意見の違いが生じてまいりました。私どもは須佐之男命様のご意見が、必ずしも間違っているとは思えないのですが、だからと言って、私どもの考え方が間違っているとも思えないのであります。

私どもは自分の受持ちを正しく守ろうと考えて、慎《つつし》み深く注意しておりますが、にもかかわらず、須佐之男命様との間に意見の食い違いが生じ、衝突を起こすことがあって、こういう場合、私どもといたしましては、どのようにしたらよろしいのでしょうか」

このような質疑が、あちこちの神々から、天照大御神のところに届けられました。

これに対して、天照大御神は

「あなた方も、よくご自身の立場を思い出して下さい。あなた方は初めから高天原に居られるので《まいのぼり》をしなくてもよいし、また《うけひ》をしなくてもよいわけで、そして、あなた方は高天原におけるめいめいの受持ちを自覚し、それを実現していくことに工夫をし、研究をしていかなければならないのであります。

ところが、須佐之男命は《まいのぼり》と《うけひ》をして、自分の受持ちがはっきり解ったので、その自分の受持ちを実現するために、熱心に修行し研究するのは当然です。

高天原に居る神々の間でも、自分の受持ちを実現するために、先へ先へ進んで行く場合に、ときには他の神々の受持ちを忘れて、自分の受持ちの研究と実現に熱心になるのはやむを得ないことであります。

それが解ったならば、あなた方と須佐之男命との間に、受持ちの実現について意見の食い違いが生じても当然です。神々よ、そのような困難に負けないで、先へ先へ進んでいくことに努めて下さい。

自分の受持ちを守ったり、研究を実現するために、お互いに衝突が生じることは、ある程度までは避けられないし、ときには、それはかえって必要なことでもあります。

神々よ、あなた方がお困りになっているときには、須佐之男命も同じように困っているに違いありません。したがって、自分の受持ちの実現の道をよくお考えになって、須佐之男命との間の衝突に耐え忍んで進んで下さるようお願いします」

このようにお答えになって、神々をお導きになりました。

これに対して、神々は
「よく解りました。私たちも一所懸命に努めてまいります」

とお答えして、それぞれ自分の受持ちを果たすべく熱心に努めていかれました。

こうして、天照大御神は高天原において神々と須佐之男命との間に起った受持ち実現のための衝突について、神々に対しても、須佐之男命に対しても、お小言《こごと》を仰せになりませんでした。

このことを『古事記』の原典には
「天照大御神はお咎《とが》めにならず」
と書いてあって、この〈咎めず〉という言葉を、漢字で〈登賀米受〉と
書き現わしております。

□畦《あぜ》離ち・溝埋め

ところが、須佐之男命と八百万神との間の受持ち実現のための《かちさび》は、ますます激しくなって、とうとう天照大御神がお作りになっている営田係の神さまから
「須佐之男命様が、ご営田の畔《あぜ》を切り離した行動や溝をお埋めになった行動は、私にはどうしても放置することができません。どう考えても〈穢《けが》れ〉であると存じます。天照大御神様から厳しくお叱《しか》りいただいて、今後この

ようなことがないようお指図お願いします」

という強硬《きょうこう》な訴えがありました。

これを聞かれた天照大御神は、そのまま放置しておくことはできなくなって《のりなおし》という神業《かみわざ》をお示しになるべき時期になったとお考えになり、営田係の神さまと須佐之男命をお呼びになって、次のように仰せになりました。

「営田係の神よ、あなたが、自分の受持ちを守ることに忠実であるために、須佐之男命が行った畔離ちや溝埋めを〈穢《けが》れ〉であるという主張はもっともなことですし、あなたの私に対する訴え事も無理のないことだと思います。

しかし、物事というのは一方からだけ見たのではいけなくて、須佐之男命にも、自らの考え方や言い分があると思います。もしも、須佐之男命が悪戯《いたずら》や面白半分に田の畔を切り離したり、溝を埋めたりしたのであれば、それは大きな〈国つ罪〉という〈穢《けが》れ〉であります。

ただ《なきいさち》から目覚めて、《まいのぼり》をして、《うけひ》をした須佐之男命が〈国つ罪〉を犯すはずがありません。思うのに、須佐之男命が畔離ちや溝埋めをしたのは、次のような理由があると思います。

須佐之男命は《うけひ》によって、自分の受持ちの尊さが解り、熱心に修行をはじめたところが、見たり聞いたりするだけでは満足できなくなって、実際に体験してみたくなったに違いありません。

須佐之男命は〈現わす魂〉〈生かしめる魂〉としての荒御魂《あらみたま》をしっかり掴《つか》んでいるはずですし、また、新たに物事を創造していく業《わざ》を身に付けているはずですから、須佐之男命の修行がそのようになるのはもっともなことでしょう。

須佐之男命はこのような気持ちで行動しているに違いないし、この須佐之男命の気持ちが理解できたならば、畔離ちや溝埋めなどは〈田をもっとよく作るにはこうしたらよかろう〉という研究熱心から出た行動であると思います。高天原に初めから居る神々であるあなた方の中にも幸御魂《さきみたま》（人に幸福を与える霊魂）はあるのですから、その働きを考えれば、須佐之男命の行動の意味は解ると思います。さあ神々よ、御魂鎮《みたましず》めをして和御魂《にぎみたま》（柔和・成熟などの徳を備えた霊魂）をお出しなさい」

天照大御神のお指図に従って、田作りの神さまと須佐之男命は、御魂鎮めをなさいました。

天照大御神は続けて仰せになりました。

「和御魂が出ましたか？　和御魂が出たら、平らかな、安らかな気分になったでしょう。その気持ちを持続していくと幸御魂が働き出しますから、お確かめなさい」

営田係の神さまと須佐之男命は、さらに御魂鎮めを続けました。すると天照大御神の仰せのとおり幸御魂が働き出しました。天照大御神はその有

り様をご覧になって
「幸御魂が働き出しましたね。その幸御魂のうえに立って、須佐之男命の畦離ち溝埋めの行動をよく調べてごらんなさい。そうすると、須佐之男命の行動の本当の意味がはっきりします」
と仰せになりました。
このようなお導きをいただいて、営田係の神さまも須佐之男命の、畔離ち溝埋めの行動の本当の意味がはっきりとお解りになりました。

□受持ち分担の意味

次に〈屎《くそ》まり〉について、天照大御神があそばした《のりなおし》を申し述べます。
須佐之男命は天照大御神がなさいます田作り（広く農業全般の仕方と考

えてよいと思います）の研究をお済ませになったので、次は、生産された穀物の扱い方を学ぶ目的で、天照大御神が大嘗祭《だいじょうさい》をなさいます御殿においでになりました。

そして、数々の物事を学ばれているうちに、ここでもまた、係りの神さまとの間に意見の衝突が起こって、須佐之男命は大嘗祭の御殿に〝屎《くそ》〟をお垂《た》れになりました。

そこで、係りの神さまから天照大御神に訴えがあって、これは〈須佐之男命の行動が穢れである〉という厳重な抗議であったことは言うまでもありませんが、天照大御神のこの争いに対するお導きは、畔離ちと溝埋めに対する場合と、同じようであったと推測されます。

さて、大嘗祭を準備中の神さまから、天照大御神のところに、厳しい訴えがありましたので、天照大御神は須佐之男命の《かちさび》の程度がだいぶ進んできたことを察知なさって、これに対しても《のりなおし》の神《かみ》業《わざ》をお示しになることをご決心になり、須佐之男命と大嘗祭を司る神さまをお召しになって仰せになりました。
「須佐之男命が行った〈屎《くそ》まり〉のことについて《のりなおし》をいたしますから、共々に御魂鎮めをしなさい」
須佐之男命と大嘗祭を司る神さまは、天照大御神の仰せにしたがって、御魂鎮めに入られました。そこで天照大御神は
「先ず、和御魂を取り出し、次に奇《くし》御魂《みたま》の働きを確かめ、それから幸御魂の働きを明らかにしなさい」
と仰せになりました。
須佐之男命と大嘗祭を司る神さまは、素直にご命令に従いましたので、天照大御神はその有り様をごらんになって、御身の光を輝かせて
「大嘗祭を司る神に申します。御魂鎮めに入っている今の気持ちで、これから私が訊《たず》ねることに答えなさい」

と仰せになりましたところ、大嘗祭を司る神さまは
「かしこまりました」

と素直にお答えになりました。

そこで、天照大御神は仰せになりました。

「あなたの受持ちは何ですか」

「私の受持ちは、天照大御神様がなさいます大嘗祭が滞《とどこお》りなく行われるよう、お手伝いすることです」

「そのとおりですね。あなたはその自分の受持ちを一所懸命に努めようとしていて、それはよいことです。ここでもう一つお訊ねしますが、その大嘗祭はどういうお祭りですか」

「天照大御神様が、新たに実った穀物をお召し上がりになって、御光を天地にお輝かしになるお祭です」

「そのとおりです。私が新たに採り入れた穀物をいただき、天地と一体に

なって、私の光を照り輝かせ、染み透《とお》らせるお祭りです。
そこでお聞きしますが、新穀ができるまでには、田畑を作らなければなりませんが、この田畑を司る神の受持ちも、大嘗祭を司るあなたの受持ちも、同じ私の〝ひ〟を受持ち分け持っているのですが、その受持ちに、尊いとか卑《いや》しいという区別があると思いますか」
この問いに、大嘗祭を司る神さまは
「同じ天照大御神様の光を照り輝かせるための受持ちですから、尊いとか卑しいとかいう違いはありません。ただ仕事の違いがあるだけです」
とお答えになりました。
天照大御神は、お喜びの様子をお示しになって
「そのとおりで、はっきりしております。そこでお聞きしますが、そのように受持ちが数多くあるために、受持ちの価値というものが少しでも下がることはありますか」

と仰せになりました。
この問いに対して、大嘗祭を司る神さまは
「どんなに受持ちの数が多くても、一つ一つの受持ちは、天照大御神様の光を照り輝かせるためのものですから、みんな絶対の尊さを持っております」
とお答えになりました。
これを聞かれた天照大御神が
「そのとおりです。それなら竈《かまど》の神の受持ちも、便所の神の受持ちも、大嘗祭を司るあなたの受持ちも、みんな同じ尊さを持っていることになりますね」
と仰せになると、大嘗祭を司る神さまは
「はい、そのとおりです」
とお答えになりました。

□《かちさび》の起こり

天照大御神は、しばらくご自身の光をお輝かせになってから、仰せになりました。

「それだけのことがはっきりしてくれれば、その後は自ずから解るはずですから申しておきます。

あなた方の受持ちは、いま明らかになったとおりですが、幸御魂の働きとして、自分の受持ちをよりよく果たそうとすると、時には、ほかの神さまの受持ちのことを忘れるほど熱心になるものです。

それで幸御魂が働く折《おり》には、いつも後ろに奇御魂の働きが控えているようにしてありますが、それでも、あまりに自分の受持ちの実現に熱心になると、ほかの受持ちの神さまを忘れることになって、それを《かちさび》と言います。

あなたには、その《かちさび》が起こっていたのでして、今までのあなたが受持ち実現のために歩いてきた跡《あと》、やってきた仕事、その折の気持ちを省《かえり》みてごらんなさい。

そして、あなた自身の《かちさび》の姿をはっきり確かめてごらんなさい。自分の受持ちである大嘗祭のことに熱心であったために、厳粛《げんしゅく》に、清浄に、滞《とどこお》りなく行いたいということから、形式的なことに力を入れ過ぎたり、人情を疎《おろそ》かにしたりするところまで進んでおったと思います。

そこで、研究心の盛んな須佐之男命が、あなたが司る大嘗祭を行なうべき御殿に〈屎《くそ》まり〉をすることにまでなったわけです。

何人《なにびと》でも、乗り物や酒などに酔ったとき、食べ物を吐くことは避けられません。そんな時には場所柄《がら》を弁《わきま》えてはおられぬことがあって、こんな行為はよいことではないが、止むを得ぬことで、一人前の大人の場合でもそうですが、子どもなどは初めから場所柄を弁えておりません。

場所柄を弁えずに吐くのは決してよいことではありませんが、止むを得ぬことですし、また、酔ったために吐いたものを始末することも、尊い受持ちの一つで、これは、今のあなたには解ることですが、あなたはこういうことを忘れておりました。

お祭りは、高天原では神々のために、現《うつ》し国では人々のために、神々と人々が行なうものですから、神々や人々の本性に反するような仕方の祭を中に取り入れるのは、行き過ぎであり《かちさび》であります。

あなたの中にあるその《かちさび》の有り様が、あなたの受持ちの仕方の上に現われておりましたので、現し国のことに注意する役目を持つ須佐之男命が、そのことに気付くのはもっともであります。

大嘗祭を司る神よ。須佐之男命は現し国のことの中でも、とくに人間と大地と物質とにある情実の研究を自分の受持ちとしている神ですから、あなたのような《かちさび》に対しては、須佐之男命のほうからも激しい《かちさび》の研究心が起こるのは止むを得ぬことです。

これは《かちさび》と《かちさび》の撝合《かちあ》い（衝突）で、お互いに不愉快な苦しいことですが、この撝合いは避けられないことです。いろいろ難しいことを申しましたが、御魂鎮めに入っているあなたにはこのことがよく解るはずです」

天照大御神にこのように仰せいただいて、大嘗祭を司る神は

「本当に仰せの通りです」

とお答えになりました。

そこで、天照大御神は

「私の申したことが解りましたならば、須佐之男命の〈屎《くそ》まり〉の気持ちも同情してあげることができると思います。この点について、はっきりと答えて下さい」

と仰せになりました。

大嘗祭を司る神は

「お導きによりまして、須佐之男命様の〈屎《くそ》まり〉の気持ちがよく解りました。須佐之男命様をして〈屎《くそ》まり〉という激しい行為をなさしめた責任は私にもあることが解りました。

須佐之男命様に《かちさび》という穢れがあるといたしますならば、私にもまた《かちさび》の穢れがあることがはっきり解りました。須佐之男命様にのみ大きな穢れがあるように、お訴え申し上げたことを謹《つつし》んでお詫びいたします」

と申し上げました。

天照大御神はご満足な有り様をお示しになりました。

□〈屎《くそ》まり〉の意味

次に、天照大御神は須佐之男命に向かって

「須佐之男命よ、あなたは御魂鎮めに入っていながら、大嘗祭を司る神、つまり、あなたを〈屎《くそ》まり〉の罪によって、私に訴えた神に対して、私がしていた《のりなおし》の神業を見聞きしておられましたから、私の受持ち、大嘗祭を司る神の受持ち、それから、あなた自身の受持ちがどういうものであるかをご承知になったと思います。

天《あま》つ神からの命によって《ことよさし》をいただいた私どもの受持ちの仕事は、簡単には実現できないものであることを、今更のように反省なさったことと思います。

私はあなたがなさった〈屎《くそ》まり〉について《のりなおし》をしましたから、あなたのなさった〈屎《くそ》まり〉の意味がはっきり解ったと思います。

私があなたのなさった〈屎《くそ》まり〉について、大嘗祭を司る神に申しておったことは、心から首肯《うなず》くことができたと思いますが、いかがでしたか」

と仰せになりました。

須佐之男命は晴々としたご様子で
「私自身にも、今まではっきりしていないところもありましたが、お姉上の〈ひかり〉に照らしていただいて《のりなおし》をしていただきますとはっきりいたしました。
私が行なった〈屎《くそ》まり〉の気持ちは、いま《のりなおし》をしていただきました通りです。そのうえ、私自身もまた《かちさび》の状態に入って仕事をしていたために、他の神々のお仕事と衝突して、誤解されるのはもっともなことだと気付きました。
お姉上のご配慮をいただきまして、嬉しく思うと同時に、相済まないことでもありました」
と仰せになりました。
これに対して、天照大御神が続けて
「今後とも、あなたはご自分の受け持ちの実現に、どこまでも進んで行きなさい。私はあくまでも私の受持ちを果たしてまいります。お父上、伊邪《いざ》那岐命《なぎのみこと》の《ことよさし》を実現するには、種々の困難が伴うことは、初めから定まっており、私たちはその困難に負けてはなりません」

このように仰せになりますと、須佐之男命は元気に満ちて

「私は自分の行く手にどんな困難があっても、決してそれに負けないで、あくまでも受持ちの完成に突き進んでまいります」

とお答えになりました。

こうして〈屎《くそ》まり〉について、天照大御神の《のりなおし》が終わったのであります。

こういうことがあってから、須佐之男命は高天原で、ますます熱心に修行と研究に励まれ、《かちさび》はいよいよ深い段階に入っていきましたが、それに並行して、あちこちの神々との間で、再び避け難い誤解が生じまして

「須佐之男命様はご熱心に過ぎるあまり、さまざまの穢れを行なって困っております」

という訴えが、天照大御神のところに引き続いて行なわれました。

そのたびごとに、天照大御神は少しも煩わしさを現わされることなく、ねんごろに《のりなおし》をあそばし《かちさび》を治めておいでになりました。

あとがき

以上、書き下してまいりましたが、この段落について、いろいろと考えさせていただいたことを、思い出すままに申し上げて、参考にしていただきたいと思います。

□〈咎《とが》めず〉の心

最初に〈咎《とが》めず〉ということを中心にお話しいたしますが、神典『古事記』には〈登賀米受〉と書いてあります。

前回のところで《かちさび》について反省いたしましたように、《かちさび》というのは、和御魂《にぎみたま》の働きとしての奇御魂《くしみたま》が動く場合に必ず起こってくることで、したがって《かちさび》は、これを見守り育ててやることが大切であります。

《なきいさち》から《まいのぼり》をしておいでになった須佐之男命に対して、《いつのおたけび》をなさった天照大御神が《かちさび》に対しては、咎めない態度をお示しになっているわけです。

《いつのおたけび》が、少しの穢《けが》れであることも許さず、如何《いか》なる穢れも払い除けようとする大威力をお示しになっているのに較《くら》べると、この〈咎めず〉というお諭《さと》しでは、〈より良く生きたい〉という悉《ことごと》くの努力に対して、限りない恵みの〈ひかり〉をお示しになっています。

言い換えれば、天照大御神は《なきいさち》に対しては《いつのおたけび》をもって立ち向かわれましたが、《かちさび》に対しては咎めずに、《のりなおし》という神業《かみわざ》をお示しになったお諭しを、深く深く味わわせていただくべきだと思います。

親が子どもを育てるときも、子どもの《なきいさち》に対しては、それを咎めなければなりません。《いつのおたけび》のお諭しに倣《なら》って、一歩も譲《ゆず》らぬ厳しさを示さなければなりませんが、子どもの《かちさび》に対しては、咎めない態度をとらなければなりません。

子どもの《かちさび》を咎めますと、子どもたちの円満な発達を抑えることになりますから、咎めない態度をもって、子どもの気持ちと行為を見直し、聞き直してやることが大事です。

この〈見直し、聞き直し〉をするためには、親の心が先《ま》ず〈あかきこころ（清明心）〉になっていなければならないし、親の心が〈あかきこころ〉〈なおきこころ〉になっておれば、子どもの《かちさび》をいたずらに咎めたりしないで、〈見直し、聞き直し〉ができるのであります。

そして〈あかきこころ（清明心）〉になることは《ひのかみ》を信じて〃ひ〃の光を、自分の心の中から輝かし出すことですから、これは信仰であって、子どもの《かちさび》を扱うにも、信仰が元になるということであります。《いつのおたけび》の光をいただくことは、つまり、信仰に入ることですから、親として子どもを正しく導くには、何としても信仰が元になるわけであります。

一般に、現代の言葉で言う教育もそうであって、教育される者の気持ちや行いが《なきいさち》であるか《かちさび》であるか見分けて、咎めなければならないか、咎めてはならないか、ということのけじめをつけることが大切であります。

このけじめをつけずに咎め立てをすれば、教育される者の気持ちを、歪《ゆが》めたり縮めたりすることになってしまいます。もっと砕いて言えば、教育される者の気持ちを腐《くさ》らせることになり、倦《う》ませてしまうことになるのであります。

現し世の仕事をしていく場合、この天照大御神がお示しになった〈登賀米受（とがめず）〉のお諭しは、味わい尽くせぬ深い教えで、しかも、この咎めずという態度は、それだけでは完全ではなくて必ず《のりなおし》を伴わなければなりません。

要するに《のりなおし》を伴わない〈とがめず〉は本当の〈とがめず〉ではなくて、〈知らず〉もしくは〈暗し〉とでも言うべきで、天照大御神がお諭しになった〈とがめず〉ではありません。

□奇御魂《くしみたま》の働き

次に《のりなおし》という言葉について説明いたします。

この言葉の〝のり〟というのは〈みことのり〉の〝のり〟、〈いのり〉の〝のり〟など、言葉としては同じで、ここでは天照大御神が〈ひのかみ〉としての御稜威《みいつ》をもって仰せになることを言っております。

つまり〈直す〉という言葉が、次元の低い立場の考え方であるのに対して、最も深い根本的な立場での考え方を明らかにして、ものの考え方を明らかにし、ものの考え方を改め整えることであります。

『古事記』の原典には〈詔雖直〉と書いてありますが、これは

「のりなおしたまえども」

とは読まないで

「みことのりなおしたまえども」

と読むほうがよいのではないかと思います。

このように読みますと〝詔〟という言葉と〝直す〟という言葉が、はっきり分かれて、天照大御神がお示しになった大切な神業であることが、いっそう明らかになると思います。

言葉の説明は、これくらいに留め置いて《のりなおし》という事柄について、お話したいと思います。

《のりなおし》というのは《ひのかみ》としての天照大御神の奇御魂の働きであります。天つ罪としての《かちさび》は、幸御魂《さきみたま》の働きとして生まれくる事柄であることは前にお話したとおりで、この幸御魂の働きに対して、そのよりどころ（根拠）を与えることが、奇御魂による《のりなおし》であります。

須佐之男命の受持ちは、幸御魂としての荒御魂《あらみたま》を働かせて、技術の世界、物の世界、つまり、科学の世界にその研究を進めて、人の世の繁栄を作っていくことにありますから《かちさび》は当然に起こることで、したがって、この須佐之男命の《かちさび》を奇御魂の働きで正しく導くことが、天照大御神の《のりなおし》であります。

つまり〈あめのやすのかわ〉での産霊・創造（むすび）の進展を中心にして考えるなら〈あめのやすのかわ〉の進みゆく方向を受持ちとしておいでになるのが須佐之男命であって、この須佐之男命が進みゆくうちに生ずる《かちさび》に根拠を与えて、その行動を正すのが天照大御神の《のりなおし》であります。

□産霊《むすび》の道

天照大御神の〈おひかり〉の中で最も大切なものを《やさかのまがたまのいほつのみすまるのたま》と申し上げ、この別名を『みくらだなのかみ』と申し上げることは、前にお話しいたしました。

そこで、これに関わって《のりなおし》を考えてみたいのですが、弥栄《いやさか》の道、言い換えれば産霊・創造（むすび）の道、つまり、自分の受持ちを背負って進んでいくと、人と人との間、心と心の間に《かちさび》が起こってまいります。

その《かちさび》をして、搗合《かち》っている人々、あるいは、人の中の心と心に対して、各々の受持ちを考えさせることによって、各々にところを得させて、落ち着くところを与えることが《のりなおし》であります。

言い換えれば、天照大御神の《やさかのまがたまのいほつみすまるのたま》の働きが〈天つ罪〉としての《かちさび》を生じさせて、それを《のりなおし》て行かれるのであります。

要するに、《かちさび》をしている人々や、その心や行動に、所を与え生かしておくことが《のりなおし》であることを考えれば、そこに『みくらだなのかみ』としての天照大御神の活動が現われていることは明らかであります。

□原典の読み方

なお《のりなおし》ということを、現代人の思想に引き較べて考えてみたいと思います。

西洋哲学思想においては〝批判〟もしくは〝批評〟という言い方がなされていて、あるいは〝基礎付け〟という言葉も使われていますが、これを『古事記』の中の《のりなおし》という言葉と較べ考えてみますと、その〝広さ〟と〝深さ〟においては、《のりなおし》のほうが遥《はる》かに勝っている感じがいたします。

この点については、心ある人々の研究に待たなければならないと思いますが、心に浮かんだままに申し上げておきたいと思います。

もう一つ『古事記』の原典に
「悪しき態止《わざ》まずて、轉《うた》てありき」
と書いてあるところを、単純に
「須佐之男命の悪行はますます多くなった」
と解釈すべきではないと思います。
高天原において起こった出来事を、分かりよいように表現したから、こういう書き方になったのでして
「一般的に表現するならば、悪しきことと考えられるような状態が、次々に続いていった」
ということであって、この〈悪しきことと考えられるような状態〉は、実際には悪しきことではなくて《かちさび》なのであって、この点からしても『古事記』の原典の読み方には、よほどの研究と工夫が必要であると考えられます。

□自惚心《うぬぼれごころ》と慢心《まんしん》

私は先ほどから、須佐之男命がお示しになった《かちさび》のお諭しと、天照大御神がお示し下さっている《のりなおし》のお諭しについて、いろいろ申し上げましたが、私たちが日常生活の中で自分の仕事をやっていくとき、《かちさび》でないことを《かちさび》と誤解して、自惚心《うぬぼれごころ》や慢心《まんしん》を引き起こし、他の人々を軽んずるようなことが多いのではないでしょうか。自分の技術や心境に対して、自信を持っている人ほど、かえってこういう間違いが多いのではないかと思います。

したがって『古事記』など神典を読ませていただく場合、私たちの心の中に起こる慢心や自惚心を戒めて下さった方々のあることを忘れてはならないと思います。

それからまた《のりなおし》のお諭しについても、私たちの日常生活の中で、それを正しく受け取っているつもりで、実は愚《おろ》かな理屈をこねている場合が多いのではないかと思います。

《かちさび》《とがめず》《のりなおし》の哲学とお諭しを、深く深く会得《えとく》していただき、それを日常生活の上に現わせるところまで研究と工夫をお願いいたします。

第十二章　みかしこみ

原　文

天照大御神。坐忌服屋而。令織神御衣之時。穿其服屋之頂。逆剥天斑馬剥而。所堕入時。天衣織女見驚而。於梭衝陰上而死。故於是天照大御神見畏。

書き下し文

天照大御神、忌服屋《いみはたや》に坐《ま》しまして、神御衣《かむみそ》織《お》らしめたもふ時に、其の服《はた》屋《や》の頂《むね》を穿《うが》ちて、天斑馬《あめのふちこま》を逆剥《さかは》ぎに剥《は》ぎて、堕《おと》し入るる時に、天衣織女《あめのみそおりめ》見驚きて、梭《ひ》に陰上《ほと》を衝きて死せにき。故是《かれここ》に天照大御神見畏《みかしこ》みて。

まえがき

《みかしこみ》は、神典『古事記』には、漢文字で『見畏』と書いてあります。

須佐之男命の《かちさび》が極点に達したとき、天照大御神がお示しになった態度が《みかしこみ》であります。

宮城内の温明殿《うんめいでん》の内で、天照大御神の御霊代《みたましろ》である御神鏡をお祀りしているところを賢所（かしこどころ）と申し上げ、場合によっては、御神鏡を直ちに賢所と申し上げることもあります。

そして、この《かしこどころ》の呼び名に含まれている〈かしこ〉ということを教えられているのが、実は『古事記』の《みかしこみ》の段落であります。

本文

□ 衣食住の研究

須佐之男命は、天照大御神のお見守りのもとに、高天原《たかまのはら》における修行と研究を続けておいでになりました。

すでに、農業の研究は終わったので、引き続いて、今日で言うところの工業、商業、医療、その他、人間の生活に必要なあらゆる学問・技術の研究をなさっておりました。

かつて《なきいさち》をして、現し世のあらゆる営みに意義を見い出すことができなかった《まいのぼり》の前とは異なって、あらゆる営みに意義を見い出された後のことですから、高天原を歩きながら、あらゆることを次々に研究なさっておりました。

こうして、須佐之男命は研究がどんどん進んでいく中に、衣食住の研究を徹底的にやらなければならなくなって、先《ま》ず衣服の研究に取り掛かり、初めは木の葉や木の皮や草などの植物から衣服を作る術を習い、いろいろ工夫を加え、染色や織物の工夫もなさっておりました。

ところが、研究の範囲が植物から動物に及んで

「動物はどうして人間のように衣服を着ないで過ごしておられるのか」

ということをお考えになったり、あるいは、逆に

「人間は着物を着ないで過ごすことはできないのか」

ということについても、お考えになりました。

このように、衣食住の中の衣の問題について、先へ先へと研究に打ち込んでいるうちに、人間が着るものとしては、木や草などの植物だけではなく、動物の毛や皮が使えるのではないかとお考えになり、鳥類や獣類の研究に力を注いでおいでになりました。

こうして、あちこちの山林で、雉子《きじ》、山鳥、鷹《たか》、鷲《わし》、その他、さまざまな鳥類を捕えるために、鳥類捕獲《ほかく》の罠《わな》の如《ごと》きものを製作なさったり、弓矢のご工夫もなさいました。

あるいは、狼《おおかみ》、猪《いのしし》、狐《きつね》、熊《くま》などの獣類も捕えられ、また、鳥類の巣を見つけて、その雛《ひな》を捕らえ連れ帰り、飼育をなさったり、獣類の子を連れ帰り、お育てになったこともありました。

こうして、須佐之男命のご努力で、野生の狼が犬のような温厚な動物に生まれ変わったり、雉子《きじ》や山鳥から鶏《にわとり》のような家禽類《かきんるい》が現われてきたかもしれません。

現《うつ》し世で《なきいさち》をなさっていた頃には、見ても聞いても不平の対象であった草木獣類が、《まいのぼり》をなさって、天照大御神の〈ひかり〉を受けてからごらんになると、このように親しみのある懐かしいものかと、お驚きになったことであろうと思います。

こうして、須佐之男命は、やがて現し世における家畜《かちく》の飼育のもとを会得なさったものと思われます。

□激しい《かちさび》

さて、須佐之男命がこのようにして修行と研究を続けておいでになるうちに、いろいろと問題が起こってまいりました。

植物や動物の世話をしていると、これらが病気になって、他の植物や動物に伝染して害を及ぼし、その植物を刈り取ったり、動物を殺さなければならない場合も生じます。

あるいは、病気になっている動物の皮を剥《は》いでみる必要も生じますし、ときにはまた、病気でない植物を伐《か》り倒したり、丈夫な動物の皮を剥《は》いでみる場合も生じます。

これは、今日の言葉で言うならば、医学上の必要、つまり、医学の研究のためであったり、あるいは、繊維や皮革を取るための経済上の実験であったりいたします。

さらには、研究上の必要から、動物の皮を剥《は》ぐときに、ことさらに生きたまま剥《は》いだり、尻の方から剥《は》ぐようなこともしてみなければならないこともあって、つまり、生き剥《は》ぎ、逆剥《さかは》ぎということもなさいました。

ここにおいて、須佐之男命の真剣なお気持ちを理解することの出来ない八百万神の中から、須佐之男命のこれらの行為を非難する声が高まり、須佐之男命と神々との間で、激しい問答がなされるようになりました。

神々は須佐之男命に向かって

「あなた様がご修行とご研究に熱心であられることは、結構なことでありますが、生き剥《は》ぎや逆剥《さかは》ぎをなさいますことは、私どもには賛成いたしかねます。高天原においてそういうことをなさることは、お止めになっていいただきとうございます」
このようにお申し出になりました。
ところが、須佐之男命は、この抗議に対して
「ご注意のほどは有難うございます。しかし、私は現し世における《なきいさち》の頃とは違って《まいのぼり》をして《うけひ》をしており、したがって、私が今やっていることを《なきいさち》の頃にやっていた乱暴と同じようにお考えになって、私がやっている生き剥《は》ぎや逆剥《さかは》ぎを非難するのは見当外れであります。私にも血も涙もあって、十分考えた上でやっており、決して面白半分の悪戯心《いたずらごころ》でやっているのではありません」
とお答えになりましたが、なおも神々は
「そのように仰せになっても、私どもには承服できません。どうか、お考えなおしをお願いします」
と、ご研究の中止を強く迫りましたが、須佐之男命は

「あなた方が承服できなくても、私は自分の考えを捨てることはできません。また、この考えを実行していくことを止めるわけにはいきません」

と言って、どこまでもお譲りになりません。

こうして、生き剥《は》ぎ逆剥《さかは》ぎの問題を中心にして、神々と須佐之男命の間に、激しい《かちさび》の争いが起こりました。

□反対派、中立派、穏健派

神々から天照大御神に対して、須佐之男命の行為についての訴えがなされましたが、天照大御神はこれを取り上げずに、神々に向かって

「須佐之男命は、決して理由もなしに悪戯《いたずら》をするはずがありませんから、したいままに任せておきなさい」

と仰せになりました。

天照大御神がこのように仰せられては、神々は何ともすることができなかったのですが、高天原だけにおいでになって、現し世に天下りをなさったことのない神々には、須佐之男命がなさる生き剥《は》ぎや逆剥《さかは》ぎといった行為の意味が、どうしても理解できませんでした。

そのために、高天原においては、須佐之男命がなさる生き剥《は》ぎや逆剥《さかは》ぎの問題を中心に、八百万神の間に大きな動揺《どうよう》が起こってしまいました。

ある神さまは

「須佐之男命様は、実にけしからぬことをなさる。あのような穢《けが》れた行為は、どうしても止めてもらわなければならない。天照大御神様はあまりにもお心が広すぎるから、須佐之男命様はそれに甘えておられる。われわれで何とか糾《ただ》さなければならない」

という強硬《きょうこう》な意見を述べられ、また、ある神さまは

「いや、天照大御神様が〈打ち捨てておけ〉と仰せになったのだから、わ

れわれには真意が解らなくても、須佐之男命様の行為には、何か意味があるのかもしれないから、いま少し様子を見ることにしよう」

という意見をお述べになりました。

これに対して

「それがいいと思います」

と仰せになる神さまもあり、これとは逆に

「いや、そんな呑気《のんき》なことを言ってはいけない。直ちに生き剥《は》ぎや逆剥《さかは》ぎを止めていただいたうえ、こういう穢れた行為に対する責任を明らかにしてもらわなければならない」

と仰せになる神さまもありました。

今日の言葉で申しますならば、須佐之男命の生き剥《は》ぎ・逆剥《さかは》ぎの行為を中心にして、反対派、中立派、穏健派というふうに、さまざまの立場に分かれて、八百万神の間に大きな争いが起こったのであります。

こうなってくると、須佐之男命もじっとしていることができなくなり、自分の行為について反省したり、神々ともいろいろと話し合いをなさいました。

しかし、須佐之男命がどんなにお骨折りになっても、八百万神に対し、ご自分の行為の意味を解ってもらうことはできなくて、神々との間に生じた賛否両論の争いを止めることはできませんでした。

須佐之男命は非常にお困りになりましたが、どんなにお困りになってもご自分の受持ちであるご研究が、正しく、かつ重要であることを自覚なさっていましたから、お止めになろうとはなさいませんでした。

そして〈天照大御神様が理解していて下さる〉と知っておいでになっても、何か寂《さび》しいお気持ちに襲《おそ》われになりました。

□斑馬《ふちこま》を中心にした悶着《もんちゃく》

このような欝積《うっせき》した状態であるところへ、新たに『天斑馬《あめのふちこま》問題』というのが起こりました。どんな問題であったのか知る由《よし》もありませんが、想像をいたしますと、次のようなことであったかと思われます。

それは、高天原に毛色のいろいろ混じった斑色《まだらいろ》の馬が生まれましたが、この斑馬《ふちこま》を中心にして悶着《もんちゃく》が起こったのであります。

ある神さまは

「こういう馬が生まれるのは、まことに珍しいことで、何か良い出来事が起こる予兆である」

こう言って喜びました。

また、ある神さまは正反対に

「これは病気の馬で、何か良くないことが起こる知らせである」

こう言って心配いたしました。

ところが、須佐之男命にとっては、この斑馬《ふちこま》がまたご研究の材料になったのでして、その斑馬《ふちこま》を受け取って、いろいろご研究なさいましたが、その結果、真相を確かめるために逆剥《さかは》ぎしてみようとなさいましたので、神々から激しい反対の声が起こり
「斑馬《ふちこま》を研究材料にするだけでもよくないのに、逆剥《さかは》ぎにして、毛や皮を取ってみるなどということは、もっての外《ほか》のことであり、そんなことをなさると、須佐之男命様だけではなく、高天原全体に禍《わざわ》いが起こるに違いありません」

と戒める神さまもありました。

しかし、先へ進むべき使命を持っておいでになる須佐之男命は、このような反対に合えば合うほど、ますます研究心が盛んになって、ついに斑馬《ふちこま》の逆剥《さかは》ぎを断行なさったのであります。

ここにおいて、激しい非難の声が起こり、この問題が元になって八百万

神のなかに対立抗争が生じて
「天斑馬《あめのふちこま》を逆剥《さかは》ぎにするなど、甚《はなは》だしい行き過ぎた行為であって、天《あま》つ神さまを初めとして、天照大御神の御稜威《みいつ》を汚す行為である」
と戒める神さままで現われました。
こうなっては、須佐之男命も
「自分だけで〈自分の行為が正しいと信じておれば良い〉ということは出来ない」
とお考えになり
「広く高天原全体に、自分のやっている斑馬《ふちこま》の逆剥《さかは》ぎが無意味なことではないということを知らせる方法をとらなければならない」
というお気持ちになられました。つまり、広く高天原全体に、自分の行為の意味を理解してもらう責任のあることをお感じになりました。
あるいは、八百万神の中には、須佐之男命に対して

「斑馬《ふちこま》の逆剥《さかは》ぎというような極端《きょくたん》なことをなさったからには、たといそれが穢れた行為でないにしても、その責任を明らかにしていただかなければ困ります」

と申し上げた神さまもありました。

これに対して、須佐之男命は次のようにお考えになりました。

「自分としては《まいのぼり》をして《うけひ》をしているのだから、自分のうちにも〝ひ〟の〈ひかり〉はあると固く信じている。したがって、自分の心の中には和御魂《にぎみたま》があると信じている。

しかし、その和御魂が活動するときには、必ず奇御魂《くしみたま》と幸御魂《さきみたま》の二方面になって現われるはずである。この奇御魂と幸御魂のうちで、自分が常に強く心にかけて生かしていかなければならないのは幸御魂の方面である。

先へ先へと新たな物事を作って進むことが、自分の受持ちである。自分はこの受持ちに忠実であると信じている。しかし、考えてみれば、先へ先へと進むことは、自然の勢いとして、いつの日にか元（本）を忘れることがあるに違いない。

本《もと》を忘れた幸御魂は、あたかも本を離れた末が末でないように、〈本につく心〉〈いつく心〉、つまり、奇御魂から離れた幸御魂であって、それは決して正しい幸御魂ではない。幸御魂の作用のように見えても、それは穢れであって、偽《にせ》の幸御魂である。

自分は幸御魂の実現に一所懸命であるあまりに、幸御魂の働きであるつもりで《かちさび》をやっておっても、実はそれは行き過ぎの穢れであるかもしれない。そうしてみると、幸御魂の作用がどうなったら穢れになるのか、その点をはっきりさせなければならない。

そうだ、いま自分は幸御魂の幸御魂としての働きの限界を明らかにしなければならないところまで来ておったのだ。人間生活を豊かにするための技術や学問の修行、研究発達が、自分の主たる受持ちであるが、これらの研究は進めてはならぬ限界があった。

この点をはっきりさせてもらいたくて、八百万神は自分に迫っているので、今こそこれをはっきりさせなければならない」

このように須佐之男命はお気付きになり、さらに
「この幸御魂の幸御魂としての限界を自らも知り、他にも知らせることは、これは自分一人でできることではない。自分が確かに正しいと信じている生き剥《は》ぎ・逆剥《さかは》ぎの意味さえ解らぬ八百万神を相手にしてできることではない。

この問題の解決は、まことに恐れ多いことではあるが、和御魂の神であられ、奇御魂に大きな受持ちを持っておいでになる天照大御神様にお教えをいただくほかに方法はない」

とお気付きになりました。

そこで、須佐之男命から天照大御神にご相談になったのか、須佐之男命

のお気持ちが天照大御神に通じたのか、須佐之男命と天照大御神との間に、《かちさび》の処理をどうするかという問題を明らかにすること、さしあたっては、生き剥《は》ぎ・逆剥《さかは》ぎはどの程度まで許されるかを明らかにすること、つまり、幸御魂の活動してよい限界を明らかにするという大きなお仕事をなさる諒解《りょうかい》が成立したことは明らかであります。

このようにして、ここに天照大御神から《みかしこみ》というお諭《さと》しが示されることになります。

□斑駒《ふちこま》の堕《おと》し入れ

さて、天照大御神は須佐之男命のなさった斑馬《ふちこま》の逆剥《さかは》ぎという問題をお捉えになり、新たなお諭しをご決心なさって、お使いの者に

「須佐之男命のところへ行って、私の側に直ぐに来るように申しなさい。

そのときに、逆剝《さかは》ぎにした斑馬《ふちこま》と、逆剝《さかは》ぎするための道具、逆剝《さかは》ぎの結果、出来たところのものを悉《ことごと》く取りまとめて持って来るように申しなさい。私は天つ神に奉《たてまつ》る神衣を織る御殿におりますから、そこに急いで来るように申しなさい」

と申し渡されました。

お使いの者は、早速、須佐之男命にこのことをお伝えに行きました。

天照大御神はお使いの者をお出しになってから、あらかじめ申し付けて準備なさっていた御殿にお出ましになり、自ら織女《おりめ》を指図しながら、天つ神に奉る〈機織《はたおり》のお祀《まつ》り〉をお始めになりました。

このようにして天照大御神が〈神祀り〉をなさっているところに、須佐之男命は到着なさいましたが、天照大御神のお申し付けがあったのでしょうか、お祀りの御殿には、番人も案内人もいなかったので、須佐之男命は持参した逆剝《さかは》ぎにした斑駒《ふちこま》を抱えたまま、ぶるぶると身体を震《ふる》わせになりました。

須佐之男命は、一大事を決行すべき時期が来たことを覚悟なさっていたのか、眼の光りは爛爛《らんらん》と輝いており
「お姉上さま、お召しにより、須佐之男命が参上いたしました」

きっとして申し上げましたが、御殿の中からは何の応答もなくて、静かに機《はた》を織る音が聞こえてくるのみでありました。

「お姉上さま、須佐之男命が逆剥《さかは》ぎにした斑駒《ふちこま》を持参いたしました」

と、再び申し上げましたが、御殿の中からは何の答えもなく、静かに機を織る音だけが聞こえてきました。

そのとき、須佐之男命は
「天つ神にお供えするための〈機織《はたお》祀り〉をつとめておいでになる最中だから、何のお答えもないのは当たり前のことかもしれない」

このようにお思いになって、しばらくじっと待っておいでになりました

が、それでも何のお答えもないので

「天照大御神がわざわざ使いをお遣《つか》わしになって、しかも〈逆剥《さかは》ぎの斑駒《ふちこま》を持って来るように〉と仰せになったのには、何か理由があってのことに違いない。自分は何故、このような場所に呼ばれたのだろうか」

と一所懸命にお考えになり、御魂鎮《みたましず》めに入られましたが、やがて

「おお、そうであったか」

と仰せになって、逆剥《さかは》ぎにした斑駒《ふちこま》をお抱えになって、御殿の中に入っていこうとなさいましたが、入り口が狭くて逆剥《さかは》ぎにした斑駒《ふちこま》をお抱えになったままでは、御殿の中に入ることができません。

そこで、須佐之男命は御殿の屋根に登り、その一部を壊して穴を作り、そこから、逆剥《さかは》ぎにした斑駒《ふちこま》を堕《おと》し入れになったのであります。

そうすると、御殿の中で一心に機織りの奉仕をしていた織女《おりめ》が、自分が織っていた神々に奉る織物が、逆剥《さかは》ぎした斑駒《ふちこま》によって穢されたのを見

て、さっと顔色を変えました。

自分に何か至らぬところがあるために、このような大変な間違いが生じたものと責任を感じたのでしょうか。あるいは、そこで起こったあまりにも不思議な有り様に気が狂ってしまったのでしょうか。その天衣織女《あめのみそおりめ》は、機織りに使っていた梭《ひ》（織機の付属具の一つ）でもって、自らの陰上《かくしどころ》を突いて死んでしまったのであります。

□姉弟二柱神の問答

この有り様をごらんになっていた天照大御神は、中に入ってかしこまっている須佐之男命のお顔をじっと見つめて
「須佐之男命よ。ここで私とあなたは、この一大事の意味をはっきりさせなければなりません。いざ共々に天つ神さまをお拝みして、このことの意

味をはっきりさせましょう」

と仰せになり、須佐之男命は
「はい、かしこまりました」

と、お答えになりました。

こうして、姉弟の二柱《ふたはしら》の神さまは、天つ神をお拝みになり、終わって、天照大御神は仰せになりました。

「須佐之男命よ。天つ神をお拝みして、はっきり反省ができたことと思いますから、あなたが私に呼ばれて『神衣織り祀り』のところに来られてから、今そうしておられるまでの間に、あなたの心の内に起こった気持ちの動きをありのまま申してごらんなさい」

これに答えて、須佐之男命は
「お姉上さまに呼ばれて、この御殿に着いてみますと、天照大御神様自らがお祀りをなさっていることが解りました。そこで、お祀りのかしこさに打たれ、私はそれがすむまでお待ちしようと思いました。

ところが、まもなく心が動き出して〈こういうところにわざわざ逆剥《さかは》ぎにした天斑駒《あめのふちこま》を持って来るようにと仰せになるには訳があるに違いない〉と思い、そうすると、私はもう何かせずにはおられない、はやる気持ちに駆られて、このような事態になってしまいました」

と申し上げました。

これをお聞きあそばしていた天照大御神は
「その通りだろうと思います。そこで、このようなことが起こってしまった後のあなたは、ご自分がなさったことについて、どういう反省をしましたか、それを明らかにしてごらんなさい」

と仰せになりました。

須佐之男命は、お答えになりました。

「私が逆剥《さかは》ぎにした天斑駒《あめのふちこま》を抱えて、御殿の前に立ったとき、私は自分の受持ちのことを自覚すべきでありました。自分の受持ちは現し世に役立つ生活の技術や学問の修行・研究にあるのですから、決して、まことの信仰を犯してはならないことを自覚すべきでありました。神が元であり、人は末であることを自覚すべきでありました。

つまり、〈信仰が元で、学問や技術は末である〉ことをはっきり自覚すべきでありました。したがって、私はお祀りが済むまで、御殿の外で静かに待つべきでありました。

にもかかわらず、あのときの私には、どうしてもじっとお待ちすることができませんでした。そのうちにふと私は、私の受持ちと姉上さまの受持ちとの本末を忘れ、私の受持ちも、姉上さまの受持ちも、上下はないような気持ちになりました。

姉上さまの神衣織という神さまのお祀りも、私の人間への奉仕である衣服の研究も同じことのようなつもりになって、逆剥《さかは》ぎした天斑駒《あめのふちこま》を持って、お祭りの御殿に入ろうという気持ちを起こし、入り口が閉まっていて、持ち込みようがないので、御殿の屋根に穴をあけて投げ入れました。

今から考えますと、どうしてあのようなことをする気持ちになったのかと、不思議に思われるのですが、あのときの私は、ただもうそうせずには居られなかったのです。

あのときには気が付きませんでしたが、私にあのような気持ちが起こりましたのは、貴いお諭《さと》しを下さいますための姉上さまのお誘いであったと思います。

こうして、私が逆剥《さかは》ぎにした天斑駒《あめのふちこま》を堕し入れたために、天衣織女《あめのみそおりめ》が生命を失うことになってしまいました。先に私は《うけひ》によって手弱女《たわやめ》を得ましたが、この度は天衣織女《あめのみそおりめ》の生命を失ったのであります。

このことによって、私は自身の幸御魂を働かしておる修行と研究は、生命の生長と発展のためだったということがはっきり解りました。お陰で幸御魂を活動させるべき限界が解って嬉しいことでありますが、そのために天衣織女《あめのみそおりめ》が生命を失ったのは、まことに哀れなことであります」

□信仰と生命と愛しみ

「また、私のこの度の行為によって、天衣織女《あめのみそおりめ》が生命を失っただけではなくて、天照大御神様が自らあそばしていた《おまつり》の神聖をすっかり傷つけてしまい、このことは何としても申し訳のないことで、私のこの度の行いが行き過ぎであることは明らかであります。

私は今こそはっきりと申し上げることができます。天照大御神様の今度の自らのお導きによって、私の受持ちである幸御魂の活動の限界をはっきり承知することができました。

つまり、生活技術や科学の研究のために、根本の信仰を犯してはならないことが明らかになりました。それからまた、人間界におきましては、生活技術や科学の研究に、人間の生命を犯してはならないということが明らかになりました。

信仰と生命と愛《いつく》しみの心が根本であって、衣食住の学問とか技術は、あくまでも末であるということが明らかになりました。末は本《もと》によって生かして使うべきものであって、末のために本を乱してはならぬことがはっきり解りました」

須佐之男命の言葉を聞いておいでになった天照大御神は、御身の光りをいよいよお輝かしになって、お喜びになりましたが、聞き終わられてから再び仰せになりました。

「須佐之男命よ、あなたの言うとおりです。そのことを明らかにするために、私とあなたはこうして神業《かみわざ》を行いました。それで、あなた自身の受持ちを見直して、幸御魂の活動としての《かちさび》の限界をはっきり承知なさったから、それでよろしいのです。

しかし、あなたはこのことを知るために、お祀りの神聖を犯したのみならず、天衣織女《あめのふちおりめ》の生命を失うという大変な誤りを犯し、このことを考えると、私の心は痛みますし、あなたの心も痛むと思います。

よく考えてみますのに、須佐之男命よ、あなたに起こっている《かちさび》は、実はあなた一人の《かちさび》ではなくて、高天原の八百万神たち全体の《かちさび》なのです。

今や私は、あなたに示した《かちさび》の限界を、八百万神全体に知らさなければなりませんが、八百万神全体のために生命を損《そこ》ない、お祀りの神聖を穢《けが》すことは決してしてはなりません。

須佐之男命よ、あなた一人を救うために、生命を損ない、お祀りの神聖を穢したことだけでも、決して許されることではなくて、その責任は私としても十分に負わなければなりません。したがって、今後このようなことは、決してしてはならぬと思います。

　須佐之男命よ、あなたをして十分に幸御魂が活動するようにした結果、今度のような一大事をせねばならぬことになったのは私の責任です。それと同じように、八百万神たちをして激しい《かちさび》の状態に入らせたのも、これまた私の責任です。

　それで、今や私は、あなたに示したことと同じことを、八百万神の全体に反省させなければならなくなりました。八百万神をこのまま捨て置くことはできないのです。今度、あなたの上に起こったことを見まして、今や私の責任がどんなに重大であるかをひしひしと感じます。

私はこれから、私のすべきことを謹《つつし》み畏《かしこ》んで、天つ神さまから教え導いていただこうと思います」

　天照大御神はこのように述べられましたが、お言葉が終わると、天つ神のご神前にぬかずき、お祈りをお始めになりましたが、そのお祈りは、いつまでもいつまでも長く続きました。

天照大御神はこのお祈りによって、高天原に起こった問題について、謹み畏まれて、天つ神にご報告あそばしました。また、このような問題が起こったことについて、お詫びになりました。

そしてまた、今後如何《いか》にすべきかについて、天つ神のお指図をいただこうとあそばしました。したがって、このお祈りは〈みかしこみのいのり〉とでも申し上げるべきお祈りであると思います。

あとがき

この項を書き下すのに、想像力を動かして、遠慮もせずに書き綴《つづ》りましたから、何かの間違いをしているのではないかと心配されます。どうぞ、これを参考にして、直接に『古事記』と取り組んでいただきたいのでありま す。以下、気の付いたことで、ご参考になりそうなことを書き連ねることにいたします。

□ 生き剥《は》ぎ・逆《さか》剥《は》ぎ

先《ま》ず〈生き剥《は》ぎ・逆《さか》剥《は》ぎ〉について、考えてみることにいたします。

須佐之男命は、現し世での人間生活を豊かにするために、生活技術としての学問の研究と、その研究結果の実現を主な使命としている神さまであります。

生き剥《は》ぎとか逆《さか》剥《は》ぎというのは、学問・研究の方法を、昔流に言い現わしたのであって、これはむごたらしいことのように感じられますが、現代でも学問・研究のためには、この生き剥《は》ぎとか逆《さか》剥《は》ぎというのはなされていると思います。

例えば、植物学研究のためにも、動物学研究のためにも、あるいは、広く医学研究のためにも、生き剥《は》ぎや逆剥《さかは》ぎに類することはやっているのではないでしょうか。解剖学《かいぼう》、血清学《けっせい》、生理学などの部門でも、生き剥《は》ぎや逆剥《さかは》ぎに類することは、ずいぶん多いと思われます。

それどころか、栄養学や食糧学の研究では、生き剥《は》ぎや逆剥《さかは》ぎだけではなくて、その肉を食べてみることまでやっており、現にわれわれが肉食をしているのも事実であります。

この肉食の元をお開きになった神さまは、動物類を捕らえるために、その動物と争い、危険な目にお遭いになったことがあるに違いありません。また、肉の料理法が解らないで、お腹を壊したり、中毒を起こされたこともあったに違いありません。

そういう研究を司る神さまが須佐之男命でして、このように考えると、神典『古事記』に述べられている生き剥《は》ぎ・逆剥《さかは》ぎを、昔あったところの須佐之男命の悪戯事《いたずらごと》だというふうな解釈ができるはずがないことは、お解りいただけると思います。

今の世の中で、科学者が自己の生命を賭《か》けて、実験用にモルモットを扱ったり、兎《うさぎ》を扱ったり、蛇《へび》を扱ったり、馬を扱ったりしているのを見て「何という物好きな馬鹿な真似をしているのか」

と言って笑う者がいたら、笑う者のほうが馬鹿であります。

真剣な研究者のやっていることは、それぞれ専門的に別れていますから、その研究が進んでおれば進んでおるほど、一般の人には何をやっているのか解らないのであります。

したがって、その研究者に世間的な地位のない場合は、初めから物笑いのタネにされることがあって、このようなときに、幸いにも研究の成果が出ればよいのですが、よい実績が出ない場合には、その研究者は世間的には物笑いで終わります。
このように考えますと、生き剥《は》ぎ・逆剥《さかは》ぎは、今の世にも行われていることであり、それをやっている者の心も知らないで
「不都合なことをする」
と言って責めたりすることもまた、今の世に実際にあることとです。いまここで、生き剥《は》ぎ・逆剥《さかは》ぎの神典のお諭しを、深く深く味わうべきでありります。そして、この神典のお諭しは、人の世のあらん限り、免れることのできないことについてのお諭しであると思います。

□ 学問・技術の神さま

次に、須佐之男命の生き剥《は》ぎ・逆剥《さかは》ぎに関するところと『古事記』に出てくる後の段落との関係について申し上げておきます。

この段落では、須佐之男命は生き剥《は》ぎ・逆剥《さかは》ぎをなさっているのですが、後に現し世に天下《あまくだ》りをなされてから『八俣遠呂智《やまたのおろち》』を退治して、家つくりをなさいます。

その後、黄泉《よみ》の国においでになってから、大国主命のために蛇《へび》の比禮《ひれ》、呉公《むかで》の比禮《ひれ》、蜂《はち》の比禮《ひれ》を準備してお置きになって、これを大国主命にお授けになるのであります。

この〝比禮《ひれ》〟というものは、蛇や呉公《むかで》や蜂などの被害を受けないで、これらのものを利用する技術のことでありまして、広くは生活技術の表徴《ひょうちょう》であります。

それから後に、生太刀《いくたち》・生弓矢《いくゆみや》を大国主命にお授けになりますが、この生太刀・生弓矢というのは、現代的に申しますと、広く科学を生かして使うところの〝力〟のことであります。

神典『古事記』には、須佐之男命のお姿を顕《あらわ》すのに、これだけ注意深く心配りして、用意周到に申し伝えており、どう考えてみましても、須佐之男命は神さまとして、実に立派なお姿を示しておられ、人間の歩むべき道を円満にお示し下さっております。

また、現代的に申しまして、学問の神さまのなかで、とくに科学の神さまを『古事記』の中からお探しするとしたならば、現代の科学者が拝むべき神さまは須佐之男命でなければならぬと思います。生き通そうとする根本の意志を、技術の上に実現しようとして努力して止まぬ姿を、須佐之男命の上に見い出さなければならぬと思います。

このような須佐之男命に対して、よくも〈乱暴の神さま〉であるとか、〈嵐《あらし》の神さま〉であるとかいう、畏れ多いことが申し上げられたもので、このような誤りは一刻も早く正さなければなりません。

学問の研究方法を誤り、ものの考え方の間違いが元になって、こういう重大な罪をわれわれ現代の日本人は犯してしまっていることに気付かなければならないと思います。

□職業に貴賤《きせん》なし

生き剥《は》ぎ・逆剥《さかは》ぎについて、もう一つ申し上げます。

須佐之男命は、広い意味において農業の神さま、あるいは、生産の神さまであって、この須佐之男命が真剣になってなさっている生ぎ剥《は》ぎ・逆剥《さかは》ぎに対して、八百万神が難詰《なんきつ》したというのですが、このこともまた、現代のわれわれがしばしば犯している過ちではないかと思います。

われわれの心の中に、田畑で汗を流して働いている人々を軽蔑《けいべつ》する気持ちはないでしょうか。農業者に対して〈手足を泥《どろ》で汚してあんなことをし……〉というような気持ちを、都会の人々は持っておられないでしょうか。

もしもそういう気持ちがあれば、それは、八百万神が須佐之男命が真剣になさっている生き剥《は》ぎ・逆剥《さかは》ぎに対する難詰と同じ種類の気持ちであると思います。

あるいは、われわれは獣肉や鳥肉や魚肉を食べながら、その獣肉のもととなる家畜の飼育を汚いことだと思ってはいないでしょうか。魚を捕獲する漁業者を軽蔑するようなことはないでしょうか。

さらには、肉屋や蒲焼屋《かばやきや》に入って、肉鍋《にくなべ》を食べたり、蒲焼を食べたりしながら、その料理人に対して

「よくもあんなことができたものだ」

と言って、軽蔑してはいないでしょうか。

このように考えますと、われわれの日常の営みが、どんなに浮いたところで彷徨《さまよ》っているかが反省されます。

もしも、米や野菜の生産に従事するのが賤《いや》しいことであるならば、そういう賤しいことを他人にさせておいて、その骨折りの結果だけを自分のも

のにすることは、本当の人間のすることではないはずです。

もしも、魚を扱ったり獣肉を扱ったりすることが賤しいことであるならば、いっそのこと魚や肉類は食べないのがよくて、食べる限りは、その魚を扱ったり肉を扱ったりすることを、神聖な生業と考えて、尊敬することができなければ本当でないし、自らも必要とあらば、生ぎ剥《は》ぎ・逆剥《さかは》ぎをやるのでなければ本当でありません。

狸《たぬき》の襟巻《えりまき》や狐《きつね》の襟巻をして、得意顔をしていながら、狸や狐を飼っている小屋に行くと、顔を顰《しか》めて
「ああ、臭い」

と言って、狸や狐の皮を剥《は》ぐ人も同じ人間であることを忘れて、下等な人間であるかのように思っている者があったら、それはやはり、須佐之男命がなさった生き剥《は》ぎ・逆剥《さかは》ぎに対して、無理解な難詰をしたのと同じです。

一人前の人間で、狸の皮を剥《は》いだり、狐の皮を剥《は》いだりすることが、初めから面白い人間など、一人もあるはずがありません。にもかかわらず

「ご苦労なことですね」

と言う替わりに

「よくもあんな酷《ひど》いことができますね」

と言って、顔を顰《しか》めたりしますから

「馬鹿にするな。金になるからやっているまでだ」

というようなことになって、自分の仕事に自信が持てなくなって、無関心で生き剥《は》ぎ・逆剥《さかは》ぎをやることになったり、面白半分に生き剥《は》ぎ・逆剥《さかは》ぎをすることになって、結果的に、職業の中に貴賤《きせん》の差があるかのような誤解も生じます。

したがって、私たちの生活の中から、このように不徹底な浮いた気持ちを払拭《ふっしょく》するには、ことごとくの人が、農業をやることが一番よいのであり

ます。さまざまな職業に別れていく前に、誰も彼もが口だけではなくて、農業の実際をやるのがよい。つまり、自ら生き剥《は》ぎ・逆剥《さかは》ぎをやると、いたずらな難詰ができなくなるのであります。

教育もこういうところから出直すことが大事で、実務から離れて、理屈だけを覚えると、全ての考え方が実際から浮いて、その結果、他人の行為に対して、いい加減な批評をすることになって、世の中を乱すことになると思うのです

□宗教と科学の本末

次に、天照大御神が天つ神に奉るための神衣を織るお祀りをしておられる御殿に、天斑馬《あめのふちこま》を逆剥《さかは》ぎにして堕《おと》し入れたことについて、考えてみることにいたします。

簡単に言えば、これは須佐之男命が天照大御神がなさっていた神事を、自分の研究のために犯したということで、天斑馬《あめのふちこま》を逆剥《さかは》ぎにするところまでは許されることですが、その天斑馬《あめのふちこま》を天照大御神がお祀りなさっている御殿の屋根を壊して堕し入れるのは決して許されないことで、これは明らかに穢れた行為であります。

天照大御神が織物を作ることによって、天つ神へのお祀りをなさっているように、逆剥《さかは》ぎもまた天つ神へのお祀りのお供え物にしたいと考えるならば、天照大御神のお召しを待つべきで

「これも、お供え物になるはずだ」

と言って、強《し》い奉るべきものではありません。

にもかかわらず、須佐之男命はお祀りが行われている最中の御殿の屋根に穴を開けて、天斑馬《あめのふちこま》を逆剥《さかは》ぎにして堕《おと》し入れたのですから、これは明らかに穢れの行為であります。

神衣を織るということは、織物を織って、それを神衣として用いることではなくて、天つ神と一つ心になって、その天つ神のお心に適うような織り方をすることですから、お祀りになるわけです。

須佐之男命が天照大御神のお召しも待たないで、御殿の屋根に穴を開けて、逆剥《さかは》ぎにした天斑馬《あめのふちこま》を堕《おと》し入れたために、織女《おりめ》が死んだり、天照大御神が〈みかしこみ〉をなさったのは何を示しているかというと、科学や生活技術の研究というのは、決して犯してはならぬ限界があるということを示しているのであります。

言い換えれば

「人間の生活というのは、信仰が基本であって、科学や生活技術は末のものである」

ということをお示しになっているのでして、もっと言えば

「科学は宗教に対して、戦いを挑んではならぬ」

「知識を誇って、信仰に戦いを挑んではならぬ」

ということを示しておられるのであります。

そして、ここでは〈宗教と科学の本末〉をお諭し下さっているのであって、科学が無用だということを申しているのではありません。

それならば、須佐之男命は何がゆえに為すべからざることをなさったのでしょうか。それは
「人間の世界では、しばしば間違いがあって、間違った場合には、このようになる」

ということを、お示し下さっているのではないでしょうか。

要するに、間違いというものは、間違いが起こってみなければ、間違いであることを示すことはできませんから、間違いをしてみせて、それが間違いであることをお諭し下さっているわけです。

神典においては、いつもこのような形のお諭しをして下さっていますか

ら、このことは注意すべきで、抽象的な屈折《くったく》のない時代には、こうして具体的行為として、お示し下さるより他に方法がなかったのであります。

□ 信仰の神聖

次に、天照大御神は大嘗祭《だいじょうさい》（おおにえまつり）の御殿において、須佐之男命が〈屎《くそ》まり〉をなさったときには《のりなおし》をあそばしたのに、この〈神衣織祀り〉のとき須佐之男命がなさった〈斑馬堕《ふちこまおと》し入れ〉のときには、どうして《のりなおし》をなさらなかったのだろうかという疑問が起こりますが、これには次のような理由があると思います。

つまり、大嘗祭の御殿のときには、お祀りを犯したのではなくて、お祀りの準備をする係りの者が、信仰を形式化、概念化しているのに対して、須佐之男命は

「それはいけない」

ということを示すために〈屎《くそ》まり〉をなさったのでして、〈屎《くそ》まり〉がよいわけではありませんが、〈屎《くそ》まり〉をなさった気持ちには良いものがありますから、天照大御神は《のりなおし》をなさったのであろうと考えられます。

ところが〈神衣織祀り〉は、天照大御神が自ら直接にお祀りをとり行われていたというか、お祀りそのものであって、言い換えれば、天照大御神の本質そのもの、信仰そのものであって、これを犯すことは絶対に許されないことなのであります。

それで、今度は《のりなおし》をなさいませんで《みかしこみ》という神業《かみわざ》をお示しになって〈斑馬堕《ふちこまお》し入れ〉は穢れであることをお諭しになったのであります。

信仰は生きたものであって、その生きている信仰の根本を忘れて形式化してしまえば、大切なものであるだけに、かえって、非常によくないことになります。

そして、宗教はこれがなければ生活が本物にならぬほど大切なものであるだけに、ついうっかりすると、非常に形式化しやすいのであります。こうして、宗教が形式化・形骸《けいがい》化すれば、それはすでに宗教ではなくて、すでに無くてもよい玩具《がんぐ》であって、このことをお諭し下さったのが〈屎《くそ》まり〉の教えで、宗教が阿片《あへん》だと言われたり、邪教《じゃきょう》がはびこる所以《ゆえん》もここにあります。

しかしながら、根本を生かしておるところの宗教に対して、末の生活技術の方から、修正を加えようとしたり、道具に使ったりしようとすれば、これはたいへんな誤りです。

信仰というものを、政治の道具に使ったり、金儲けの手段に使ったりするのは誤りで、信仰のある者にはそういうことはできないはずで、このような信仰の神聖についてお諭し下さったのが〈斑馬堕《ふちこまおと》し入れ〉であります。

□ 国体こそが基本

次に、現実の世にこのようなことがあるかということについて、考えてみることにいたします。

前に申しましたように、ここのところでお諭しになっていることは、信仰に対する生活技術の行き過ぎがあってはならぬことを示されているのですが、このお諭しに背《そむ》く場合は非常に多いと思います。

日本国として考えてみますと、日本は神の国、つまり〈ひのくに〉〈ひのもとつくに〉であり、天皇は〈ひのみこ〉であり、われわれは〈ひと〉であって、日本人である限りは、この〝ひ〟を犯すことは、如何なる場合にも許されなくて、これが日本人の信仰であります。

ところが、日本の歴史を顧《かえり》みますと、祖先の中にはしばしばこの〝ひ〟の存在を忘れた行為をしている者があって、例えば、足利尊氏《たかうじ》、源頼朝《みなもとのよりとも》、徳川家康などが、天皇の〈みひかり〉をないがしろにしたことは、仮に尊氏や頼朝や家康が、どんなに国民生活の安定を熱心に考えたうえでの行為だとしましても、許されることではありません。

国民の生活安定を図るために考慮《こうりょ》を払い工夫することはよいにしても、それによって〈ひと〉であるわれわれ国民から〝ひ〟の〈ひかり〉を遮《さえぎ》ることをしては、本末転倒であります。

子どもの幸福をはかってやるために、親の愛が見えないようにすることは誤りで、子どもは甘いものを食べて贅沢《ぜいたく》するよりも、まずいものを食っても、親の愛（いつくしみ）を知り、親の愛に抱かれるのが、本当の幸福であります。

日本国民から〈おおみおや〉であられる天皇の〈みひかり〉を蔽《おお》って、

何が国民のために幸福を来すというのでありましょうか。尊氏が逆臣《ぎゃくしん》として〈みそぎ〉しなければならぬ理由はここにありますし、頼朝を全《まった》き日本人として許し難き理由もここにありますし、あるいは、家康が開いた幕府を倒して、明治維新が行われた理由もここにあります。

尊氏や頼朝や家康は、仮に善意に解釈して《なきいさち》による行為ではなくして天つ罪による行為としても、〈斑馬《ふちこま》堕《おと》し入れ〉の要素が多分にあることが反省されます。

要するに、国体が基本であり、制度や組織というものは末であって、制度や組織のために国体を疎《おろそ》かにするのは、本末転倒であり、許されないことであります。

□ 天衣織女《あめのみそおりめ》見驚きて

次に

「天衣織女《あめのみそおりめ》見驚きて、梭《ひ》に陰上《かくしどころ》を衝《つ》きて死せにき」

というところを味わってみましょう。

ここのところは、先に

「我が生めし子、手弱女《たわやめ》を得つ。此に因《よ》りて言さば、自ら我勝ちぬ」

と仰せになっている須佐之男命のお言葉と比べてみると、その意味がよく解ります。

先にお話ししましたけれども《うけひ》によって手弱女を得られたことをお喜びになった須佐之男命の行為が、今度は天衣織女《あめのみそおりめ》を死に追いやることになったのですから、お祀りを犯すことが誤りであったことはいよいよ明白です。

女性の生命として尊ぶところは〈真の愛〉、言い換えれば、永遠の女性として、神に奉仕することが女性の生命であって、その神への奉仕を実際に行なう場所が家庭であります。

したがって、お祀りという神事や家庭の神聖を犯すような仕事の前には女性は顔を背けるはずですし、それを強《し》いてやらされる場合は、むしろ死を選ぶのが真の女性であって、この

「天衣織女《あめのみそおりめ》見驚きて、梭《ひ》に陰上《かくしどころ》を衝《つ》きて死せにき」

ということがあって、これによって、須佐之男命の〈斑馬《ふちこま》堕《おと》し入れ〉がお祀りを犯したことが明らかになるのであります。

次に『見驚きて』ということについて考えてみたいと思います。

この見驚きてという言葉には〝見〟がついていまして、ただ〝驚く〟だけではなくて《みかしこみ》の〝み〟と同じで、深く注意すべきことであります。

つまり〝み〟というのは

「堕《おと》し入れられた斑馬《ふちこま》のために起こった出来事を見極めた」

ということで、このようにして見た結果、深く驚いたのでして、慌《あわ》てふためいて驚いたのではありません。

そして、この〝驚く〟というところは、斑馬《ふちこま》の堕《おと》し入れに対して賛成できなかったことは確かで、さらに〈よくないことが起こった〉という気持ちになったことも確かです。

そこで、このよくないことの結果に対して、自分自身としても責任を感じることになったわけで、そのよくないことをなさった須佐之男命に対して、自らの気持ちを現わさなければならないことになります。

そこで
「梭《ひ》に陰上《かくしどころ》を衝《つ》きて死せにき」

というところについて、もう一度、考えてみたいと思います。

この箇所全体としては、自分の責任を明らかにすると同時に、自分の賛成できないことに対して、生命を賭けて、抗議を提出したということで、〈意思表示の最高であり、神聖であり、最後の方法は、死をもってすること〉であって、切腹や自刃にもこういう意味のものがありますが、天衣織女《あめのみそおりめ》の場合には

「梭《ひ》に陰上《かくしどころ》を衝《つ》きて死せにき」

とあるように、死をもって須佐之男命の行き過ぎの行為に対抗したことを示しております。

このように、言葉としては死の方法を示しておりますが、女性の重要な仕事である機織《はたおり》の道具の梭《ひ》で、女性の最も神聖な陰上《かくしどころ》を衝《つ》いて死んだということは、その意思表示が如何《いか》に強いかということを示していると思うのであります。

「梭《ひ》に陰上《かくしどころ》を衝《つ》きて死せにき」

ということを、このように解釈するならば、この気持ちは、ひとり女性

に必要なばかりではなく、男性においてもなければならぬ気持ちであると思います。

日本歴史を顧みた場合、幾多《いくた》の男性・女性が、神典のこの織女《おりめ》のお諭しを実行していると思うのでして、史上の実例を思い出して、ここのお諭しを味わっていただきたいと思います。

あるいは〝逆剥《さかは》ぎ〟について、広く法律制度や産業組織から解釈して、〈見驚く〉というところを、それに対する適応なり方法なり気持ちなりのできないことと解釈しますならば、法律組織や工場経営などのために犠牲になって、生命を捧げていく有り様も
「梭《ひ》に陰上《かくしどころ》を衝《つ》きて死せにき」

ということと同じだと考えられるような気もいたします。

いずれにしても、事業を営む者、ことに新たな事実を営む者にとっては深く味わうべきお諭しが、ここのところには含まれていると思います。

□種々の研究段階

次に〈斑馬《ふちこま》の堕《おと》し入れ〉について、もう一度考えてみたいと思います。斑馬《ふちこま》を逆剥《さかは》ぎしたということは、現代の言葉でもってすれば、ある物事の分析的研究を敢《あ》えてしたということで、これは現代社会において必要なことであります。

一つの物事を研究するのには、法律的、物理的、化学的、数学的、経済的、心理的、医学的等々、あらゆる方面から研究することが必要ですが、このようなさまざまな見方は、要するに、物事の見方の一面であって、物事そのものではありません。

物事には、種々の段階があって、これらの中の一つの見方を取り扱って差し支えないものもあって、例えば、数学の計算問題を解くというような場合には、ただそれだけでよいわけです。

ところが、人間を数える場合、汽車の切符を買うためなら、数学的な見方で事足りますが、娘を嫁にやる場合になると、これも一人、あれも一人で、どちらでもよいということにはなりません。

経済生活をする能力を計る点から言えば、月給の多寡《たか》を調べることも、ある程度の意味はありますが、月給の多寡によって人格の鍛錬《たんれん》の程度を計ることをしてはならないのでして、この一例を見ても、数学が犯してはならぬ範囲のあることはお解りかと思います。

国、家、親子、夫妻、友人等々の、根本的な事柄を分析的に研究することは大切ですが、分析的な研究をするのは、根本的な存在を発展・発達させるためであるのに、ややもすると、分析的研究が盛んになると、一面的な研究をもって、全体に対する研究であるかのごとく思い誤ることはありがちです。

例えば、法律を学ぶ者は、全ての現象を法律現象としてのみ見ようとする傾向がありますし、科学を学ぶ者は、全ての現象を科学的現象として見ようとしますし、あるいは、生理学者は生理的に、医学者は医学的に経済学者は経済的に、それぞれのものを見たがる傾向があります。

こういう見方をすることは、その学問の上からは大切なことですが、これらの見方は一面的で、随時・随所に使うことによって、当面の扱っている事物の処理に役立たせるべきものであります。

ところが、ややもすると、この大切なところが間違いやすくて「学問の真理のためには、国や家のことなど顧みてはおられない」などという考え方も、その一例です。

親子・夫婦というような、人間関係の中の根本的な関係は、分析し尽くせない関係、否定してはならない関係、ただそれを認めて、いよいよ発達させなければならない関係であり、それより他に扱い方のない関係ですけれども、経済学とか医学とかいう見方から、逆に、親子・夫婦の関係を規定していこうというような考えになるものであります。

このような分析的研究は大切ですけれども、その結果を、研究の対象に投げかけて、全体的価値を批判したり、その対象がないほうがよいなどということを考えるようになりがちで、このような間違った考え方が、逆剥《さかは》ぎした斑馬《ふちこま》を堕《おと》し入れることになるわけです。

このように考えますと、このお諭しは、われわれが日常生活の中において、しばしば犯している誤りについてのお諭しであると思われるのであります。

□〝見畏《みかしこみ》〟の意味

次に《みかしこみ》について考えてみたいと思います。

この《みかしこみ》は〝見畏〟という文字が当ててあり《みかしこみ》の〝み〟は〝見〟という文字が当ててありますが、必ずしも〈目で見る〉

という意味ではなくて、見ることも、聞くことも、知ることも含まれている〝み〟であります。

広くある事柄に触れて、じっと考えること、ある事柄のありのままの姿を、己を虚《むな》しくしてじっと見つめることが、この場合の《みかしこみ》の意味であります。

また〈かしこみ〉には〝畏〟の文字が当ててありますが、当て字であって、〈かしこ〉という言葉には、〝畏〟の他に〝恐〟という文字が当ててあることもあり、『万葉集』などでは〈加之古思〉と万葉仮名を使っている場合もあり、また〝賢〟という文字を当てている場合もあって、この〈かしこ〉という言葉の意味の説明は難しいのですが、次にこの言葉が用いられている例を挙げてみることにいたします。

1、掛《かけ》麻《ま》久《く》母《も》畏伎《かしこき》天照大御神《あまてらすおおみかみ》乃《の》大前《おおまえ》爾《に》恐美《かしこみ》恐美《かしこみ》母白久《まおさく》

これは、祈年祭の祝詞《のりと》の初めのところで、この中には〝畏〟（かしこし）という形容詞と、〝恐〟（かしこむ）という動詞が使われており、この祝詞によると、天照大御神は〈かしこき〉神でいらせられて、お祀り申し上げる者は〈かしこま〉なければならぬことが解ります。

2、可気麻久母《かけまくも》、安夜爾加之古思《あやにかしこし》、皇神祖能《すめろぎの》、可見能大御世爾《かみのおおみよに》

これは『万葉集』（四一一一）大伴家持《おおとものやかもち》の長歌の初めのところにありますが、ここでは、神に対して〈かしこし〉と申し上げているわけです。

3、多可美久良《たかみくら》、安麻能日嗣等《あまのひつぎと》、天下《あめのした》、志良之賣師家類《しらしめしける》、須賣呂伎乃《すめろぎの》、可未能美許等能《かみのみことの》、可之古久母《かしこくも》、波自米多麻比弖《はじめたまいて》

これは『万葉集』四〇九八番の長歌の初めのところにあります。

4、於保吉美能《おおきみの》、美許等可之古美《みことかしこみ》、伊蘇爾布理《いそにふり》、宅之波良和多流《うのはらわたる》、知知《ちち》波波乎於伎弖《ははをおきて》

大君の　命かしこみ　磯《いそ》に触《ふ》り
　海原《うのはら》渡る　父母《ちちはは》を置きて

これは『万葉集』（四三二八）の防人《さきもり》の歌であって、天皇陛下のご命令に対して〈かしこし〉と申しているところに注意すべきです。

その他に

5、恐るべきであるという意味

6、かたじけなし、勿体《もったい》ないという意味

7、智者のかしこき（賢）意味、才能が優れているという意味

8、つつしみ、かしこむべきであるという意味

9、よろしいという意味

など、さまざまな用例があって、古来特別の意味を持った言葉です。

そして、天照大御神のお示しになっている《みかしこみ》の畏《かしこ》みは、これらさまざまの意味の〝畏み〟ということを起こすものだということを知っ

ていただきたいと思います。

因《ちな》みに、現在も皇居内の温明殿《うんめいでん》の内において、天照大御神の御霊代《みたましろ》である御神鏡をお祀りしているところを、賢所（かしこどころ）と申し上げております。

□〝見畏《みかしこみ》〟の事柄

次に《みかしこみ》という事柄について申し上げます。

先に須佐之男命の《屎《くそ》まり》に対しては《のりなおし》をなさった天照大御神が、今度の〈斑馬《ふちこま》の堕《おと》し入れ〉に対しては《みかしこみ》をされたのであります。

須佐之男命を相手に、天照大御神がお示しになっているご神徳を、私どもへのお諭《さと》しとして、いま一度、反省していただくために、つぎの事柄を書き記しておきます。

＊

「泣きいさち」に対しては「いつのおたけび」
「うけひ」に対しては「いふき」
「みこうみ」に対しては「みこのりわけ」
「かちさび」に対しては「のりなおし」
「ふちこまおとしいれ」に対しては「みかしこみ」

＊

以上のように、須佐之男命がお示しになった事柄に対して、天照大御神がお示しになった事柄を、引き比べ味わってみますと、何か悟らされるところがあるように思います。

ここで《みかしこみ》の意味と《のりなおし》の意味を比べると、はっきり解ると思いますが、《のりなおし》においては、天照大御神はご自分の心はそのままじっとしておいて、須佐之男命の行動の意味と価値を、自分の〈ひかり〉で照らしてお示しになった。つまり、ご自分は動かずに、ただ他に対してお働きかけになりました。

ところが《みかしこみ》においては、天照大御神ご自身が、大御心を深くお動かしになって、須佐之男命の〈斑馬《ふちこま》の堕《おと》し入れ〉という行動をご覧になり〈斑馬《ふちこま》の堕《おと》し入れ〉から起こった〈織女《おりめ》の死〉をご覧になって、こういう事態が生じた根本原因を、ご自分の中に見い出されて、事の解決はご自分の責任であるとお引受けになって畏《かしこ》まれたのであります。

《のりなおし》においては、天照大御神は《のりなおし》さえなされればよくて、その責任は須佐之男命にあったのですが、《みかしこみ》においては、全ての責任は自らにありとして、それを言葉に現わしたのが《みかしこみ》であります。

《みかしこみ》以前に天照大御神のお示しになっているところは、他をして正しい事を自覚させるようお導きになっていますが、《みかしこみ》においては、他の者の責任を問うことなく、自らご反省になって、すべての出発点と帰着点を、自らの中に求めようとなさっているお姿が《みかしこみ》であります。

□〝見畏《みかしこみ》〟のお諭《さと》し

次に《みかしこみ》のお諭しから考えて、賢所《かしこどころ》について申し上げます。

天照大御神は《みかしこみ》をなさったのですが、宮中の賢所は、その天照大御神をお祀りしているところであります。

天照大御神は《みかしこみ》によって、ご自分の本質をお現わしになりましたが、宮中の賢所は天照大御神そのものの現われである天皇陛下が、天皇の〝ひ〟たる本質をご反省になるところであります。

天皇は〈ひのかみ〉である天照大御神が、須佐之男命に対してお示しになった神業《かみわざ》を、国民に対する〈まつりごと〉(政治)として実現なさっておられるのですが、天照大御神がなさったところの《みかしこみ》もなさっているであろうと思われます。

〈ひのくに〉〈ひのもとつくに〉の〝ひ〟の〈ひかり〉は、このような天皇の行動により、いよいよ力強く生きた光と力を発現するであろうと思います。

明治天皇の御製《ぎょせい》に

罪あらば　我を咎《とが》めよ　天《あま》つ神
　民は我が身の　生みし子なれば

というのがあります。

この御製は、明治天皇が《みかしこみ》をなさって、あらゆる〝たみ〟を〝ひと〟としてお考えになり、自らを〈ひのかみ〉としてお認めになったときの御製であると存じます。

明治天皇の御製としてお詠《うた》いになった《みかしこみ》の〈ひかり〉は、天皇の本質の活動の一面ですから、歴代ことごとくの天皇のお心に生きている事実としての〈ひかり〉であります。

□日常生活上の反省点

次に、この《みかしこみ》のお諭しによって、私たちの日常生活上の反省点について考えてみたいと思います。

われわれが生活をしていくためには、必ず他人とのさまざまな交渉が必要で、その場合、他人が持っている受持ちを尊重して、その責任が明らかになるよう仕向けてやることは、親子・夫婦・友人に対しても必要な事柄であります。

しかし、どんなに努力をしても解決できない問題が残った場合にどうするかということが、この《みかしこみ》のお諭しの中にあって、それは「最後の場合に、決して逃げてはならない。自分の問題として、黙って引き受ける覚悟をしなさい」

ということであります。

親や子の行いに対して《みかしこみ》をして、初めて親子の関係が成立するのであって、母親に《みかしこみ》をされて、その真心に目覚めない子どもはいないと思います。

夫婦の関係も、どちらかが先《ま》ず《みかしこみ》の心を示すことにより、真の夫婦関係が出来上がりますし、真の友情が成立するのも同じで、真心をもってする《みかしこみ》は、世の中を潤《うるお》いのある暖かい住みよいところにする大きな〈ひかり〉であると思います。

しかし《みかしこみ》を、ただ形式上、尊いことのように考えて

「私が悪かった」

というふうに、徒《いたずら》に乱用すると、それは本当の《みかしこみ》ではなくて、独《ひと》り善《よ》がりになってしまう危険があります。

第十三章　おこもり

原文

閇天石屋戸而刺許母理坐也。爾高天原皆暗。葦原中国悉闇。因此而常夜往。於是萬神之聲者狭蝿那須皆満。萬妖悉發。

書き下し文

天石屋戸《あまのいわやと》を開きて、刺《さ》し籠《こも》り坐《ま》しましき。ここに高天原《たかまのはら》皆暗《くら》く、葦原《あしはらの》中国《なかつくに》悉《ことごと》に闇《くら》し。此《これ》に因《よ》りて常夜《とこよ》往《ゆ》く。是《ここ》に萬神の聲《こえ》は、狭蝿《さばえ》なす皆湧《わ》き。萬の妖《わざわい》悉に發《おこ》りき。

まえがき

《おこもり》は、神典『古事記』には〈許母理〉と書いてあり〝お〟は敬語であって、天照大御神《あまてらすおおみかみ》が天岩屋戸《あまのいわやと》にお籠《こも》りになることであります。普通には〈天岩屋戸隠《かく》れ〉などと言っておりますが〈隠れ〉られたのではなく〈お籠り〉されたのであります。

天照大御神が《みかしこみ》の行動の上にお現わしになったのが、この《おこもり》であって、この〈天岩屋戸籠《こも》り〉の段は、神典の中でも極めて重要なところの一つであります。

本文

□天岩屋戸に籠《こも》る

天照大御神《あまてらすおおみかみ》は須佐之男命《すさのおのみこと》の〈斑馬《ふちこま》の堕《おと》し入れ〉に対して《みかしこみ》という行動によって〈ひのかみ〉の〝ひ〟たる根本の〈ひかり〉をご反省になりましたが、それは同時に、天《あま》つ神への〈おいのり〉であり、天照大御神ご自身としては〈みたましずめ＝みたまふり〉でありました。

《みかしこみ》をなさった天照大御神は、高天原《たかまのはら》に起こったこの大問題を、如何《いか》なる方法によって解決すべきかお考えになり、また、天つ神に対して、この問題の解決方法をお示し下さるよう、お祈りになったことと思うのであります。

やがて、如何になすべきかということが、お決まりになったのでありましょう。天照大御神のお身の〈ひかり〉が一段と輝きわたり〈おいのり〉を終わり、御魂鎮《みたましず》めからお覚めになりました。

このとき、天照大御神は、何とも申し上げようのない神々《こうごう》しさで光り輝きましたが、直ちに八百万神《やおよろずのかみ》と須佐之男命をお呼びになり、神々がお集まりになったところで、次のように仰せになりました。

「私は今まで、神々がそれぞれ自分の受持ちに対して熱心であるように導いてきました。それによってさまざまな事柄が、それぞれの方面で進んできましたが、その結果《かちさび》が起こり、須佐之男命の〈斑馬《ふちこま》の逆剥《さかは》ぎ〉となって現われ、それから〈斑馬《ふちこま》の堕《おと》し入れ〉ということになり、とうとう天衣織女《あめのみそおりめ》が身罷《みまか》る事態になってしまいました。

これらの出来事は、みんな起こるべくして起こったことですが、このようなことを引き起こした責任は私にあって、当然、この問題の解決の責任も私にあります。

そのために、私は《みかしこみ》をいたしましたが、これによって、今や私の為すべき事が決まりました。また、これは天つ神のお指図もいただいた上で決めたことですから、何者も私がこの決心を実行するのを止めることはできません。

これは、天照大御神としての私が為すべき神業《かみわざ》のうちでも最も重大な一つで、これから私が行なう神業は〈天岩屋戸《あまのいわやと》に籠《こも》る〉ことで、ここで私自身の〝ひ〟たる本性について、考え抜き味わい抜いて、その反省の中から、今回の問題を解決する力を取り出したいと思います。

しかし、私が天岩屋戸に籠るということは容易ならざる一大事で、いったん私が天岩屋戸に籠れば、高天原に起こった今度の大問題が解決するまでは、自分の意志で出て来ることはできません。

必ず解決すると信じておりますが、それが何時になるか、全く見込みの立たないことで、その長い長い間、私は最も愛《いと》しいあなた方と、お別れしていなければなりませんし、高天原と現《うつ》し国の山や川や草木とも、鳥や野獣たちともお別れしていなければなりません。

私が在るのは、あなた方神々はもちろん、高天原や現し国の者たちのためであるにもかかわらず、私が命を捧げて慈《いつく》しんでいるみんなからお別れをしていなければならなくなり、これはたいへん悲しいことですが、今や悲しんでばかりおられません。

いま高天原から私が居なくなると、どんな困難が起こってくるかということも承知しておりますが、そのことを顧《かえり》みていることはできなくて、目先にある全てのことを振り切って、私の為すべきことを実行しなければならないのです」

このような天照大御神の仰せに対して、八百万神と須佐之男命の中には、このお言葉の意味が理解できた神さまもあったでしょうが、理解できなかった神さまもおありになったと思います。

いずれにしても、天照大御神によって、一大事がお示し下されたということをお感じになって、ただもうその〈みひかり〉を仰ぐより致し方がなかったと思います。

□ 高天原の一大事

さて、天照大御神は高天原のご主人であり、八百万神の親神とも申し上ぐべき存在であり、八百万神をして神さまたることを得せしめたもうところの〈ひかり〉であり、〈ちから〉である神さまが天照大御神であって、このような天照大御神が天岩屋戸にお籠りになってしまわれたのですから、高天原にとっては、これ以上の一大事はないのであります。

天照大御神が天岩屋戸にお籠りになるところを、謹《つつし》み畏《かしこ》んで拝んでおいでになった八百万神は、天照大御神が完全にお籠りになってしまい、その

〈みひかり〉が輝き渡ることが止んだ時になって、初めて物心がつき、吾《われ》に返られた八百万神と須佐之男命は、声を揃《そろ》えてお泣きになりました。天照大御神の〈みひかり〉を拝むことが出来なくなったことに、ただただ驚かれ悲しまれてお泣きになりました。

しかし、八百万神や須佐之男命が、どんなにお泣きになっても、お悲しみになっても、もはや何とすることもできません。八百万神の心の鏡を照らす〈ひかり〉が無くなったのですから、八百万神の心も真っ暗になってしまいました。

神々さまだけではなくて、高天原の全てのものが、すっかり生気を失ってしまい、真っ暗な闇夜《やみよ》が毎日続きでもしているような有り様になって、神々のお顔は暗く全てのものが〈ひかり〉を失ってしまいました。

須佐之男命を代表者として高天原に送っていた葦原中国《あしはらのなかつくに》にも、天照大御神の〈おこもり〉のことが伝わっていきましたので、そこに居る悉《ことごと》くのものが、これから葦原中国はどうなっていくのかという見当がつかなくなって、すっかり希望を失ってしまい元気がなくなって、日々暗闇《くらやみ》が続くような気持ちで、時間がただいたずらに過ぎていく有り様になってしまいました。

こうして、天照大御神が天岩屋戸にお籠りになってみると、みんなの心に天照大御神の〈ひかり〉の有り難さや忝《かたじけ》なさが、ひしひしと感じられるのでありました。

〈ひかり〉のあるうちは、それが見えないので、その有り難さも忝なさも感じることができないで、ただその〈ひかり〉の恵みに包まれておりましたが、〈ひかり〉が無くなってみると、それがどんなに大切なものだったのかが、ひしひしと感じられ、このように感じれば感じるほど、神々さまのお気持ちはいよいよ暗く、いよいよ寂《さび》しく、いよいよ荒《すさ》んでいくばかりでありました。

□萬《よろず》の災い悉《ことごと》く起こる

このようにして、果てしなく続く闇夜の中でしたけれども、神々さまは何としても生きていかなくてはならないので、高天原でも葦原中国でも、天照大御神の〈ひかり〉から離れたまま、神々さまや万物の生活が始まりました。

本来、高天原は完全にまとまったところであり、少しの無理もないところであって、このような高天原を完全にまとめて、少しの無駄もないようにしておったのは、天照大御神の和御魂《にぎみたま》の力であり、この働きのうち、奇御魂《くしみたま》がすべてを統一し、幸御魂《さきみたま》が各々のものに、その受持ちに勉め励む力を与えておりました。

ところが、天照大御神のお籠りによって、今まで頂いておった天照大御神からのお指図も見守りも、すっかりなくなってしまったのでして、天照大御神の〈ひかり〉から離れたということは、このような意味を持つことであります。

したがって、高天原における八百万神は、各々の受持ちを、本来〈うけひもち〉である〝ひ〟から離れて、思い思い勝手にやり始め、悉《ことごと》くの神々さまが、自分の受持ちの尊さを言い張って、他の受持ちの尊さを認めないという事態が生じて、どの神さまも同じように
「天照大御神がお出でにならないし、自分は自分の意見が最上のものであると思うから、他の者の意見に従うことはできない。自分の意見通りに受持ちである仕事をやっていく」

こう主張して一歩も譲りません。

「あなたの仕事よりも、自分の仕事の方が先に仕上げなければならないのですから、あなたの仕事は少し待って下さい」

「いや、こちらの仕事の方が大切です」

という具合に、あらゆる神々さまが、自分の意見を言い張ります。

その言い張り合う声が、ぶつぶつ、がやがやと、高天原のあちらでもこちらでも聞こえてきて、その声には、少しの美しさも、落ち着きも、調和もなくて、あたかも五月の頃に蝿《はえ》がいっぱい飛び回っているような感じでした。

このような有り様ですから、高天原中のどこにも彼処《かしこ》にも、あらゆる種類の災いが、後から後から起こってくることになってしまい、心ある神さまたちが、この災いを払い除こうと、どんなにお努めになっても、どうすることもできません。

須佐之男命を代表者として、高天原にお送りして、ご修行に全ての希望をかけて待ち望んでいた葦原中国は、須佐之男命の〈斑馬《ふちこま》の堕《おと》し入れ〉が導火線となって、高天原にこんなことが起こったのですから、高天原のこのような

「萬《よろず》の災い悉《ことごと》く起こる」

という有り様を伝え受けて、高天原にも増して乱れた有り様に陥ってしまったことは言うまでもありません。

あとがき

神典の中でも最も大切なところを、以上のとおり書き下してきましたが、何としても力の及ばないことをしみじみと感じるのであります。

そう思いながらも、神典をお読みになる人々にとって、たとえ僅《わず》かでも参考になるところがあれば、それでよろしいと覚悟を決めて書き下ろしてまいりましたが、神典の言霊《ことだま》の響きは、直接にご自分の魂で会得《えとく》するようにしていただきたいと思います。

□ 籠《こも》る側と籠《こも》られる側

さて、次に《おこもり》という言葉の示す意義について考えてみることにいたします。

この場合〈こもる〉という言葉は『日本書紀』その他では漢字で、籠、籠居、閉居、幽居などの様々な文字を当てておりますが、『古事記』では《許母理》と書いてあります。

ただ、〈こもる〉という言葉だけの意味を考えますと、〈こむ、こもる〉（かご）という言葉から転じた言葉が〈こもる〉で、〈かくれる〉（隠）とか〈しのぶ〉（忍）とか〈ひそむ〉（潜）とかいうふうな意味を持っております。

普通には〈岩戸隠《かく》れ〉という言葉を使うほどですから、この場合の〈こもり〉というのは

「天照大御神が天岩屋戸《あまのいわやと》にお隠れになったことだ」

と、あっさりと考えてしまえば、それまでのことであります。

しかし、神典にわざわざ《許母理》と書いてありますし、我が国には、神社や仏閣《ぶっかく》を中心にした〈おこもり〉という宗教的行事や民間習俗がありますから、この〈こもり〉については、慎重に考えることは当然だと思いますが、はっきりした結論は得られないので、気のついたことだけを申し上げることにいたします。

さて〈こもる〉ということは、籠る者から言えば、他から離れて自分だけになることですから、自分の内部へ内部へと反省を深めていくことを意味すると思います。

しかし〈こもるもの〉に関係のある側から言えば、籠るところのものが重大であればあるほど〈こもるもの〉の存在と実相と価値とを、いよいよ思い出され、考えさせられる結果になります。

つまり〈こもる〉ということは、自己を他から分け隔てる（隔離《かくり》）ことでありながら、実は〈こもるもの〉に関係ある者をして〈こもるもの〉の真実と実相とにいよいよ結びつかせる心理作用が働き、それに基づく行いを起こさせることになります。

そして、このような〈こもる〉ということがある場合、〈こもるもの〉の価値が大きければ大きいほど、籠られる関係者から言えば〈こもるもの〉の認識が強くなり、そしてまた〈こもるもの〉の籠ろうとする意志が強ければ強いほど、籠られる関係者からの籠る者に対する認識と追求は強くなるものであります。

また、この場合の〈こもる〉ということの中に〈こもる〉こと以外に、籠ることによって自分を知らせようとか、他を困らせようとかいう手段的な要求があれば、〈こもる〉ということの効果は却《かえ》って無くなるものであることは注意すべきことであります。

籠ろうとする気持ちが、純粋であり強烈であれば、その純粋さと強烈さに応じて〈こもるもの〉の存在が明瞭《めいりょう》になるのであって、天照大御神のお籠りの場合は、籠る目的そのものが純粋であって、籠ろうとする意志の強烈さは決死以上のものであると解釈すべきだと思います。

□ 対外的純粋行為

次に、天照大御神がお示しくださった神業《かみわざ》としての《おこもり》と《みかしこみ》について申し上げます。

先《ま》ず《みかしこみ》は、天照大御神が自己の本質に帰一《きいつ》しておいでになる神業で、天つ神との関係において言えば、天つ神の心に帰一していく天照大御神の〝神〟としての作用が《みかしこみ》であり、《おこもり》はその《みかしこみ》の心の行動の上にお現わしになったのであります。

したがって《おこもり》は《みかしこみ》の続きですが、《みかしこみ》

は《おこもり》によって、初めて完全な《みかしこみ》になるのであり、《みかしこみ》は心の持ち方ですが、《おこもり》は心の持ち方が対外的にはっきりした活動を及ぼす行為であります。

また《みかしこみ》は、全ての責任は自己にありと感じて、内に畏《かしこ》むのですが、《おこもり》は、その責任を具体的に背負い込んで、事を解決せずには置かぬという、純粋な決心の外に向かっての現われであります。

さらに言えば《みかしこみ》は〈ひのかみ〉としての天照大御神の対内的純粋行為ですが、《おこもり》は対外的純粋行為であり、つまり《みかしこみ》も《おこもり》も、〈ひのかみ〉の〝ひ〟たる本質の純粋な躍動《やくどう》であって、その中には第二義的要素としての手段要素は少しも含まれていない神業であります。

対外的に言うと、手段的要素が入っているような感じがいたしますが、決してそうではなくて、《おこもり》はお籠りそのものが目的である純粋行為であって、何等の結果も求めていないのですが、この《おこもり》そのものが至純な最高目的の実現であるために、かえって外部が、この《おこもり》によって、大きな影響を受けることになったのであります。

□〈天岩屋戸籠り〉の真意

次に、神業としての《おこもり》そのものの意義について、思い出すままに書き記して、ご参考に供します。

先ず、神業としての《おこもり》は、天照大御神のご本質の純粋なお姿の発揮であり、和御魂《にぎみたま》の根本的なお姿の発揮であり、また〈ひのかみ〉である天照大御神の〝ひ〟たるお姿の純粋な発揮であります。

天照大御神の側からすれば《おこもり》であって〝ひ〟の〈ひかり〉をお隠しになったことになりますが、高天原の主催者の神業としては、この

《おこもり》によって、かえって八百万神の内にある〃ひ〃を取り出すという結果を生んだのであります。

天照大御神としては、ひたすらにご本質に沈潜《ちんせん》して、他から離れたことになるのですが、それはかえって、天照大御神の〈ひかり〉と〈ちから〉とを行き渡らせる結果になったのであります。

籠り方が強ければ強いほど、このようになって、その強大なことを示すために、神典には

「天岩屋戸に刺《さ》しこもり」

と書いてあるわけです。

須佐之男命は《まいのぼり》によって〃ひ〃の〈ひかり〉に接して、自分の中にある〃ひ〃の〈ひかり〉を取り出し、大国主命も自己の中から〃ひ〃の〈ひかり〉を取り出しました。

しかし、天照大御神はご自身が〃ひ〃そのものですから《まいのぼり》

はありませんが、ご自身が〝ひ〟そのものであることを反省し、味わうことはあるはずで、これが天照大御神の〈天岩屋戸籠り〉であります。

神業としての《いつのおたけび》《いふき》《みこうみ》《みこのりわけ》《のりなおし》は〝ひ〟たる天照大御神の働きで、それには働く主人公である実体があるはずで、この実体、すなわち〝ひ〟そのものを八百万神にも須佐之男命にも伝えて下さらなければ、天照大御神の神業は完成しないのであります。

このように考えると、天照大御神の《おこもり》という神業は、いわば天照大御神の《まいのぼり》とも言うべきことであって、すべての動きを中止して、〝ひ〟そのものの純粋なお姿をお示しになるところの神業であります。

あるいは、今までは天照大御神のお働きだけに心を奪われて、働きをして働きたらしめている〝ひ〟の存在と力を、はっきり知らなかった八百万神に対して直接に〝ひ〟そのものを知らせるところの神業が〈おこもり〉であります。

この神業によって、八百万神や須佐之男命が、いままでぼんやりしておった〝ひ〟の存在を、はっきり認めることになったのでして、このように〝ひ〟の根本を認識してこそ、初めて〈ひのかみ〉のお末《すえ》であるところの八百万神も須佐之男命も、真のお末《すえ》となり得るのであります。

このように、天照大御神のご本質は〝ひ〟でありますが、この〝ひ〟は天之御中主命《あめのみなかぬしのみこと》の〝み〟であり、伊邪那岐命《いざなぎのみこと》・伊邪那美命《いざなみのみこと》の〝い〟でもあります。

そして、この点から言うなら、天照大御神が〝ひ〟たる本質をお取出しになって、自己の〝ひ〟が〝い〟の現われであることをお確かめになり、さらに〝み〟の現われであることをお確かめになることが、実は〈天岩屋戸籠り〉であり、天つ神と天照大御神とを対立的に見るなら、天照大御神の天つ神への命がけの〈みそぎ〉と〈いのり〉が〈天岩屋戸籠り〉であります。

八百万神や須佐之男命からすれば〈天岩屋戸籠り〉は、天照大御神から一切のお導きもお教えも頂くことのできない状態ですから《おこもり》というこになるのですが、天照大御神としては〈みそぎ〉と〈いのり〉が純粋の目的であって、他から隔絶《かくぜつ》することは、目的達成のために起こった結果なのであります。

□命がけの問題

さて、天照大御神はそのご本質を『やさかのいほつみすまるのたま』と申し上げ、高天原という複雑にして微妙な世界の大調和の中心として、すべてを帰一させておられます。

したがって、天照大御神が高天原を形作られている組織力は〈ちから〉ではなくて〈まごころ〉であって、人間界で言うなら、愛、至誠などという言葉によって現わされるものであります。

その場合、中心の〈ひかり〉が輝き過ぎては、組織の中の各個の〈ひかり〉が輝き出さないので、中心がその〈ひかり〉としての存在を不明瞭《ふめいりょう》にしたのでして、これが天照大御神の〈天岩屋戸籠り〉であります。

中心という存在は、大きさがあっては中心にならないし、絶対無私でなければ中心でありませんし、自らは何らの功なくして、他をして他ならしめる責任だけという中心の自覚が《おこもり》の心であります。

天照大御神という絶対無私の中心が、絶対無私の姿を現わされたのですから、見る者が絶対無私の中心と同じ〈ひかり〉にならなければ、その中心は見えないのでして、この見えない者から言えば、天照大御神の《おこもり》ということになります。

天照大御神の《おこもり》は、直接には、天照大御神の《おこもり》ですが、天照大御神お一人の《おこもり》ではなくて、いわば八百万神の親神である天照大御神がお籠りになったのですから、八百万神にとっては自分が《おこもり》する以上の一大事であります。

実は《おこもり》というのは、〝死〟を超えた責任の背負い方で、死というのは至純無私な精神は明らかにできますが、死をもって責任を背負うことの中には、責任を背負い切れないという点が残ります。

これに対して、天照大御神がお示しになった《おこもり》は、死以上の苦痛に耐えて無限の責任を負うという、永遠に続く意志の至純無私の姿をお示しになっているのですから、八百万神にとっては、命がけの問題を提出されたことになるわけです。

また、この〈おこもり〉は、その働きの上から言うと、至上愛、最深最大慈悲の行為であって、なぜなら、天照大御神は自ら神たる存在をお隠しになって、八百万神をして神たる自覚を呼び覚まさずには置かぬという、死んでも死なぬという意志を〈おこもり〉の働きとしてお示しになっているのであります。

しかも、天照大御神がお示しになっている行動の中には、一点の私心もない純粋な和御魂《にぎみたま》の自《おのず》からなる働きが《おこもり》によって、その〈ひかり〉を示しているのであります。

□大和魂を揺り動かす

さて、天照大御神がお示しになった《おこもり》のお諭しは、自分の身を犠牲にして、自分が大和魂そのものになり切って、その純粋行為としての至誠の〈ひかり〉によって、他の者をして、自分の中から大和魂を働き出させることをお示しになっていると思うのですが、この《おこもり》のお諭しを、身をもって実行した人々が、日本歴史上にも数え切れないほど存在しますが、次に二〜三の事例を挙げます。

楠木正成《くすのきまさしげ》公の湊川《みなとがわ》の討死は、正成公が自分の一族とその部下に対して、天照大御神から頂いた《おこもり》の心を実行したのであって、正成公が示した《おこもり》によって、一族とその部下は、自己の中にあった〝ひ〟すなわち大和魂に目覚めて、正成公の死後も忠節を尽くしたのだろうと思います。

吉田松陰《しょういん》先生の江戸伝馬町《でんまちょう》の獄舎《ごくしゃ》における刑死も、松陰先生が知友や弟子たちに対して、天照大御神からお伝え頂いた《おこもり》の心の実行であって、至誠そのものの結実としての松陰先生の死は、知友や弟子たちが内部に秘めておった大和魂を揺《ゆ》り動かしたのであります。

伝馬町の獄舎で燃え尽くしたかのように見えた大和魂の〈ひかり〉は、燃え尽くすことなくして、知友や弟子たちの中に、より大きな、より多くの火として燃え上がったのであります。

身はたとい　武蔵《むさし》の野辺《のべ》に　朽《く》ちぬとも

留め置かまし　大和魂

と歌った松陰先生の〈いのり〉は、天照大御神によって、立派に聞き届けられたのであります。

このように考えてみれば、松陰先生の知友や弟子たちが、明治維新展開の上に、重要な役割を果たし得たことは、また当然であると思います。

正成公の討死や松陰先生の刑死は、表面的な見方からすれば、正成公や松陰先生が自ら求めて、討死や刑死をしたのではないように考えられますが、そういう見方は事のうわべだけを見たのでして、じっと事の実相を観察しますと、正成公や松陰先生の至誠、すなわち大和魂（ひ）が、自ら周囲の事情をそこに持って行ったものであります。

松陰先生は『留魂録《りゅうこんろく》』の第一条に

「……関東の行き聞きしよりは、又一の誠に工夫を付けたり。……去年來の事恐多くも、天朝《てんちょう》幕府の間、誠意相孚《あいふ》せざる所あり。天、苟《いやしく》も吾が区々《くく》の悃誠《こんせい》を諒《ゆる》し給《たま》はゞ幕吏《ばくり》必ず吾説《わがせつ》を是《ぜ》とせんと志を立てたれども……事をなすこと不能《あたわず》今日に至る。亦《また》吾徳の菲薄《ひはく》なるによれば、今将誰《また》をか尤《とが》め且《かつ》怨《うら》まんや」

と書いて、自己の真心に全てを帰し究めております。

これを見ても、《みかしこみ》《おこもり》のお諭しを立派に実行したものであることは明らかであります。

□神社仏閣での参籠《さんろう》

次に、宗教行事および民間習俗としての《おこもり》（参籠《さんろう》）について申し述べます。

神社や仏閣にお詣《まい》りして、そこに止宿《ししゅく》し、祈念をすることを《おこもり》（参籠）と言っており、神社や仏閣によっては、このような目的でお籠《こも》りをする人々のために、お籠堂《こもりどう》という特別な建物を設けているところもあって、信者や行者が、このお籠堂に籠って、一定の行事を守って修行することが、今でもあちらこちらに残っております。

仏教は後から伝わってきたものですが、その修行としての行法《ぎょうほう》のなかにも、インド仏教時代から、この《おこもり》の行法はありますし、古来からの我が国の神道や民間習俗のなかにも、この《おこもり》の行法はあったに違いなくて、この《おこもり》の根本精神は、その源《みなもと》を天照大御神の《おこもり》から発していると思います。

そして《おこもり》をするときには、禊《みそぎ》（水を被るか、瀧《たき》に当たるか、池に沈むかする）、断食、もしくは節食、お祈りもしくは坐禅《ざぜん》、称名念《しょうみょうねん》仏《ぶつ》、というような行事が厳格に守られます。

したがって、このようなお籠りは青年たちの修行としても、あるいは、壮年・老年の魂の洗濯にもたいへん良くて、宗教の修行から言えば、神官、僧侶、信者は、必ずこの行法をやらなければならないのであります。

そして、この《おこもり》の目的は、神道においては神と帰一することであって、仏教で言えば仏と一つになることであり、儒教風に言えば、至誠に到達し、至善に止まることであって、これが純粋行為としての《おこもり》の目的であります。

しかし、行法としての《おこもり》を実行するときには、直ちにここに到達できなくても、種々な好ましい心身の修行が出来ますから、現代の我が国の神社、仏閣、民間に、この《おこもり》の行法が廃《すた》れてしまっているのは、まことに勿体《もったい》ないことであると思います。

□二宮尊徳先生の桜町復興

次に、このような神社仏閣における《おこもり》（参籠）、天照大御神の《みかしこみ》《おこもり》のお諭しの根本精神を、まことによく体得し実行している事例を味わってみたいと思います。

それは『報徳記《ほうとくき》』を読みますと、二宮尊徳先生が桜町復興の仕事に従事なさったとき、数年経っても、さまざまな人に妨《さまた》げられて、どうしても事業が捗《はかど》らないので、自ら反省して

「嗚呼《ああ》、我能《あた》はずとして、退かんことは易《やす》しと雖《いえど》も、君命を発するを如何《いかん》せん。顧《おも》ふに我が誠意の未だ至らざる所なり。苟《いやしく》も誠心の至るに及びては、天下何事か成就《じょうじゅ》せざらんや」

と考えられて、ひそかに桜町の陣屋を出て、総州（千葉県）の成田山に到って、不動様に《おこもり》（参籠）をし、二十一日の断食をして、日々数度の灌水《かんすい》をされ、昼夜怠《おこた》らず〈おいのり〉をされました。

そして『至誠感応志願成就』の示現《じげん》を得て、満願《まんがん》の日に初めて粥《かゆ》を食べて、一日のうちに二十里の道程《みちのり》を歩いて、桜町の陣屋に帰ったということであります。

それから、桜町復興の仕事は順調に進んだということですが、二宮尊徳先生は、この《おこもり》の目的については、終生他人に語らなかったということで、このときの気持ちについて『報徳記』には

「是に於《おい》て乎《か》、天を怨《うら》まず、人を咎《とが》めず、惟《これ》一身誠意の足らざるを責むる而巳《のみ》。一身を責むるの至るところ、遂《つい》に其《そ》の身を死地に置いて以《もっ》て一心の不動を試みんとす。天地にも誓言《せいごん》すべく、鬼神《きしん》をも祈るべし」

と書き伝えております。

これによって見ますと、二宮尊徳先生の不動様での《おこもり》は、天照大御神の《みかしこみ》《おこもり》のお諭しを《おこもり》（参籠）という宗教的行事によって、立派に実現しておられると思います。

□家庭内の不和

次に、究めて卑近《ひきん》なことについて、思いつきのまま申し上げます。

家庭生活において、子どもたちがお互いに我儘《わがまま》を主張して譲《ゆず》らない争いが起こった場合、父なり母なりが小言《こごと》を言えばたいてい収まりますが、争いが深刻な場合には、小言では収まりません。

子どもたちをこんなにしたのは自分の責任であるとして、父なり母なりが《みかしこみ》から《おこもり》のお諭しの実行を真心をもってするならば、家庭内の不和は解決するものであります。

また、子どもに反省を促す場合でもそうで、親としての思慮《しりょ》と分別とを尽くして導いた上で、それでもだめな場合には、親自らが反省し、最後には親自身が責任を背負うところまで行かなければならなくて、親の真心を具体的に現わす親の《おこもり》の心に、反抗できる子どもはいないのであります。

このことは、夫婦の間においてもまた同じであります。

□常夜《とこよ》の妖《わざわ》い

最後に

「高天原皆暗く、葦原中国《あしはらのなかつくにことごと》悉に闇《くら》し。此《これ》に因《よ》りて常夜往《とこよゆ》く。是《ここ》に萬神の声は、狭蝿《さばえ》なす皆湧《わ》き、萬の妖《わざわい》悉に発《おこ》りき」

ということについて申し上げます。

天照大御神が《おこもり》になった結果として、暗くなったり、禍《わざわ》いが起こったのですが、この《おこもり》は、暗くしたり、禍いを起こしたりすることが目的ではありません。

にもかかわらず、暗くなってみなければ〈ひかり〉の貴さは自発的にわかりませんし、禍いの禍いであるということが解って初めて、その禍いの無き状態の良さが解るのであります。

したがって《おこもり》の結果として、このような段階があることは当然のことで、この段階を経てこそ、力強く次の段階への踏み出しができるのであります。

しかし、この常夜の禍いの時期は、天照大御神の《おこもり》の後、さして長く続いたわけではなくて『日本書紀』では、この暗黒時代があったことを省いている言い伝えが多いくらいです。

ただ、少なくとも八百万神の心内には、《おこもり》の結果として、暗黒時代があったはずですから、『古事記』ではそれをはっきり書き現わしているのだろうと思います。

改編に際して

本稿の編纂《へんさん》に取り掛かってから丸三年、本当に長い道程を経て、ここに『天岩屋戸』として上梓することができ、感慨無量であります。

筆者の阿部國治《くにはる》先生は

「『天岩屋戸』の段落は、日本神話の核心のところです」

と言われています。

編者としても、それを実感しながら、一字一句を書き綴《つづ》って、それがようやく〈一つの新しい形〉として出来上がったのですから、この上もない安堵《あんど》感に浸っております。

ここで問題は〈文字の形で訴えた神話の核心部分を、愛読者各位に、果たして正確に伝え得たかどうか〉ということで、祈るような心境で、最後の校了の時を迎えました。
近年、神典『古事記』は、数多くの方々が、いろいろな観点から解釈して、広く世に問われていまして、それはそれでよいと思いますが、筆者・阿部國治先生は執筆に際して
――御魂鎮《みたましず》め
という表現でも想像されるように、古代日本人の篤《あつ》い想い、言霊《ことだま》の響きそのものを掘り起こしてやまない、ひたむきな姿勢と情熱が感じ取られます。
もっと言えば、語り部の稗田阿禮《ひえだのあれ》その人になり切って、筆者の太安萬侶《おおのやすまろ》その人になり切って、その閃《ひらめ》きを言葉として語り紡《つむ》がれたものであって、そのお積りでお読みいただければ、本書の編纂者として、この上ない悦びであります。

平成二十年七月

栗山　要
（阿部國治先生門下）

〈著者略歴〉
阿部國治（あべ・くにはる）
明治30年群馬県生まれ。第一高等学校を経て東京帝国大学法学部を首席で卒業後、同大学院へ進学。同大学の副手に就任。その後、東京帝国大学文学部印度哲学科を首席で卒業する。私立川村女学園教頭、満蒙開拓指導員養成所の教学部長を経て、私立川村短期大学教授、川村高等学校副校長となる。昭和44年死去。主な著書に『ふくろしょいのこころ』等がある。

〈編者略歴〉
栗山要（くりやま・かなめ）
大正14年兵庫県生まれ。昭和15年満蒙開拓青少年義勇軍に応募。各地の訓練所及び満蒙開拓指導員養成所を経て、20年召集令状を受け岡山連隊に入営。同年終戦で除隊。戦後は広島管区気象台産業気象研究所、兵庫県庁を経て、45年から日本講演会主筆。平成21年に退職。恩師・阿部國治の文献を編集し、『新釈古事記伝』（全7巻）を刊行。

新釈古事記伝 第6集
天岩屋戸〈あまのいわやと〉

平成二十六年 四 月二十九日第一刷発行
令和 四 年十一月 二十 日第六刷発行

著 者 阿部國治
編 者 栗山 要
発行者 藤尾秀昭
発行所 致知出版社
〒150-0001 東京都渋谷区神宮前四の二十四の九
TEL（〇三）三七九六—二一一一
印刷・製本 中央精版印刷

落丁・乱丁はお取替え致します。 （検印廃止）

ISBN978-4-8009-1034-9 C0095
ホームページ http://www.chichi.co.jp
Eメール books@chichi.co.jp